俞經農　藏本　唐葆祥　編注

俞粟廬書信集

周慧珺題

上海古籍出版社

俞經農　藏本

唐葆祥　編注

俞粟廬書信集

周慧珺

上海古籍出版社

書名題簽　周慧珺

責任編委　俞經農（特邀）　唐葆祥（特邀）　陳為瑀

特約顧問　李薔華　葉長海

副主編　貢獻國　侯永强

主　編　郭宇

名家叢書編輯委員會

上海戲劇學院附屬戲曲學校

俞粟廬畫像

尹伯荃繪畫　馮超然補景

序

俞粟廬是清末民初著名的崑曲清曲家，主持江南曲壇達數十年之久，享有「江南曲聖」之譽。同時，他也是著名的書法家，曾與當時的書畫家、收藏家多有交遊，切磋書藝，影響甚廣。俞粟廬在長期的藝術生活中注重個性的創發和藝術的傳承，他將崑曲傳給兒子俞振飛，而將書法傳給五姪俞建侯。

俞粟廬的墨寶、書劄現存稀少。其公子俞振飛家藏的部分，早已毀於「文革」大火，唯有其姪俞建侯之子俞經農尚有收藏。經農所收藏的粟廬書劄計有：致俞振飛十三通，致俞建侯二十三通，致友人穆藕初等五通。由於這些書劄是俞粟廬對子姪及友人的隨意談話，情真意切，涉獵廣泛，無所忌諱。信函所涉內容，既有俞粟廬談自己的身世、婚姻、家庭及自己學崑曲學書法的經過，也有俞粟廬與書畫家吳昌碩、陸廉夫、毛子建、馮超然及文物鑒賞家李平書等人的交往情況，還反映了二十世紀初崑曲界的生存狀況、業餘曲社的活動，以及蘇州崑劇傳習所的教學活動。此外，經農所收藏的尚有俞粟廬為畫家陸廉夫書寫的墓誌銘拓片、對聯、條幅、扇面若干，這些都是十分珍貴的文物。

這些墨寶和書劄，不僅是珍貴的藝術瑰寶，而且是崑曲、書法史上極為難得的第一手史料。這些史料，可補近代崑曲史的一段空白，對於近代社會、文化史的研究，其意義亦不可低估。

友人唐葆祥先生於去年夏天曾與我言及俞粟廬的這一批遺珍，令我興奮不已。新年剛過，他又告知出版計劃的落實，這更令我深感欣慰。葆祥先生是著名的崑劇作家，數十年來致力於創作與研究，曾有多部崑劇作品及《俞振飛評傳》等著作面世，蜚聲藝壇。近期他又潛心點讀、注釋了俞粟廬的存世信劄，這對於讀者瞭解當時的人事背景，自然大有助益。

今由唐葆祥先生編注的《俞粟廬書信集》，即將由上海古籍出版社精心印行，這是值得慶賀的雅事。戲曲、書法兩界，都在期盼此一藝術珍品的傳世。

壬辰清明葉長海謹序於滬西周橋

目録

序（葉長海）

俞粟廬書信集

我的伯祖父俞粟廬（代後記）（俞經農）

栗廬公遺墨

第一種

家書

壬申四月褒成

栗廬公遺墨

壬申四月付裝池

成冊姪建集珍藏

公諱宗海別字韜龕庚午三月卒享壽八十四

今日下午自硃雩家歸，來見尔十五日所發來信，所云尔之棉衣已交陳甫，大約十五（十四日）可到滬，上想已收到矣。家於光緒廿五年已亥冬間沈蒙師歸道山，忽忽不樂者多時，而廿六年庚子六月廿七夜尔祖母驟然中風，不及延醫而逝，家從此志氣灰頹。及至尔生（壬寅年），心中為之一寬，比年以來，見尔一無暴躁之氣，并無誑言（尔母嘗言之），但願長能如此，則吾無慮矣。

廉夫能刻苦用功，方得成一代傳人。憶自光緒丙戌年（十二）始至藕賃屋於大井巷，矮屋三間，歷盡艱苦，家為伊招呼筆墨，補園荷花廳皆家為其畫也，迄今卅五年矣。尔年尚少，尤可力學，而問學一道，惟認定一真字，萬古不磨。道也者道此也，學也者學此也。於真字反面即假字，一涉於假，一任他百般能事，終須一敗塗地。四姪今日仍患寒熱，明日當令其服截瘧丸，當易治也。（又班廿一向演清宮，尔有頭請，孫當續述）九姐今日晤面，李子義昨來唱數曲，近人中表表者也。

振兒覽。

十六晚父字

信一

今日下午自詠雩[一]家歸來，見爾十五日所發來信，所云爾之棉衣，十四日已交練甫[二]，大約十五可到滬上，想已收到。我於光緒廿五年[三]己亥冬間，沈蒙師[四]歸道山，忽忽不樂者多時。而廿六年庚子六月廿七夜，爾祖母驟然中風，不及延醫而逝，我從此志氣灰頽。及至壬寅年[五]，爾生，心中為之一定。比年以來，見爾一無暴躁之氣，并無詭言，爾母嘗言之。但願長能如此，則吾無慮矣！廉夫[六]能刻苦用功，方得一代傳人。憶自光緒丙戌十二年[七]始至蘇賃居於大井巷，矮屋三間，歷盡艱苦。我為伊招呼筆墨，補園[八]荷花廳牕，皆我囑其畫也。迄今卅五年矣！爾年尚少，尤可力學。而問學一道，惟認定一「真」字，萬古不磨。道也者，道此也；學也者，學此也。然「真」字反面，即「假」字，一涉於假，一任他百般能事，終須一敗塗地。四姪[九]今日仍患寒熱，明日當令其服截虐丸，當易治也。九組[十]今日晤面，文班[十一]廿一開演清串，未有頭緒，再當續述。李子美[十二]昨來唱數曲，近人中表表者也。振兒覽。

十六晚　父字

【注釋】

[一]詠雩，即孫詠雩，蘇州道和曲社執事。後經俞粟廬等人推薦，出任蘇州崑劇傳習所所長。

[二]練甫，即袁練甫，俞振飛的姐丈。

[三]光緒廿五年，即一八九九年。

[四]沈蒙師（一八三五—一八九九），即沈景修，字蒙叔，晚號寒柯，秀水（今浙江嘉興）人。同治拔貢，歷署蕭山、寧波、壽昌、分水縣學訓導、教諭等職。一八六〇年因洪楊戰亂，舉家遷至盛澤，工詩詞和書法，有《蒙廬詩存》四卷存世，《盛湖誌補》載：「書法為世所推崇。」「晚年自信可傳者在行書。」同治壬申（一八七二），俞粟廬拜沈景修為師學書法。

[五]壬寅年，一九〇二年，俞振飛出生。

[六]廉夫，陸廉夫（一八五〇—一九二〇），名恢，清末著名畫家，俞振飛十四歲拜陸為師學畫。

[七]光緒丙戌，即光緒十二年，一八八六年。

[八]補園，位於蘇州拙政園隔壁，為蘇州望族張履謙購得，加以修葺，榜為補園。張履謙延請俞粟廬為西席，教授子弟。陸廉夫就是俞粟廬推薦去補園畫畫的。

[九]四姪，即俞遠曜，號清士。

[十]九組，即殳九組，蘇州道和曲社成員，俞粟廬的學生，經俞粟廬的推薦，也在穆藕初紗布交易所工作。

[十一]文班，指崑劇最後一個班社——全福班。崑劇傳字輩即由全福班一些優秀藝人培養教成。

[十二]李子美，全福班藝人，工老生。見梅蘭芳《舞臺生活四十年》第二集一一八頁。

振兒覽：亦初一日之信，何以遲延至三日。陸儒
卿帀爾曾否送去，如未送須補送至其家為
要（盈陽弄橋北蘇州路德安里第一弄）。我初二日又寄一信，想已收到（内附一紙曾与之旃公看否）。
今日睡遂偸聽唱片，漸悟以後若開口達高
腔，應離遠寸餘，庶免迸裂之聲。凡事務須
細考原頭，亦今就事處上雖小，十分大好，揣是
稱意者（順境）身須要格外卑躬謙和，切勿藐視
他人，致遭人忌，至囑至囑。我自少出門，每事知
者皆作不知，甚至人皆以我為不識一字，我深以為
喜。其嫉遂有人忌我，可知防不勝防。自三十歲辭（自辛未十月曾文正接晤，深蒙嘉許）
退署缺後，承李質堂軍門延至蘇州葑門外
黃天蕩太湖水師營務處幫辦營務幕友（即是）十三

年（中幸無貽悞）於甲午年四月始至張宅，其时每至年節書札（宅中官場往來）繁多，而營中事倩張玉森暫代，直至乙未六月非全脫去。自營哨各員弁盡（擇）我善，今雖七十以外，尚能見信於人。汝年方二十，前程遠大，宜事事循省，不動不廢，一身之内尤當着意，至要至要。汝衣服可改作（汪旭初已由尹伯荃取信去矣），練甫寄滬（蘇服樣），刻下家中僕婦已去（此人竟偷米售於帳房中，汪姐之知之）。明日亦有人來，吾九姐叶白來云：藕翁初十後赴行。彖甫校刻敘記一半（陸先生常謂我堪與湯雨生相匹，敝愧何敢當）。昨日陸先生墓志稿來矣，計有八百字，明日（又須大費心力，此後墓志一項辭去）至栢茂堂打格。黃吉園兩目（坐前後當于此月）幾次失明，全係肝熱，皆是雅喫羊肉而發。此次又大喫羊肉燒酒，以致僅存一線之光，危殆萬分。初一到來，兩目封結，首兩劑。昨日又坐轎來，稍明，又經兩方，皆又嘗轉方，屢戒不遵，日後難免成瞽也。父字

初四夜

昨於護龍街古舊破書中有湯貞愍公事畧墓（貽汾號雨生常州人）
志其祖任臺灣淡水縣遇林爽文作亂其父亦在臺
北均遭其害雨生[illegible]以襲職為三江營守備應升
至溫州樂清協副時亦遭人忌四十歲辭官居南
京築琴隱園與袁子才輩稱大名士善畫山水能製
曲咸豐癸丑江甯被陷殉難謚曰貞愍（湯當選我）論詩文及畫家
皆不能而弓馬雜技以及寫字惟製曲不能而唱曲
湯雖能終不能及家耳亦有三長耳 又白

再尔生母顧恭人乃女中之英俊遇事（生於光緒元年乙亥二月十六日午時 歿於光緒卅年甲辰十月初一辰時）
立決決事無大小處之坦然從無慌張哭
泣之狀曾記甲辰年（光緒卅年）九月廿九晚坐談半夜（六吾夏貞多言談笑自若）
尔方三歲时已熟睡伊言此子非庸碌之輩奈
我命不長不及撫養囑我善為護持加意
照管因母王硃老知硃石金氏有女本因病不（至明日十月初一琴明亦不能言即逝余傷心悲切迴異尋常）
想出嫁為父兄者世應為人作繼室撫育子女
於是丁未四月至硃就親今歸照料一切尚不至失
所而我家若非顧氏則絕矣雖有繼嗣不接氣
矣余刻刻在念將來為父母及顧恭人務設一場水陸道
場吾心得以稍安此外尚有多言容再面語 父又述 初四日

信二

振兒覽：爾初一日之信何以遲延至三日？陸儒卿[一]弔分曾否送去？如未送，須補送至其家，為要！盆湯弄橋北蘇州路德安里第一弄。我初二日又寄一信，內附一紙，曾與藕公[二]看否？想已收到。今日晤篴漁[三]聽唱片，始悟以後若開口逢高腔，應離遠寸餘，庶免迸裂之聲。凡事務須細考原頭。爾今就事滬上[四]，雖非十分大好，總是稱意順境，須要格外卑躬謙和，切勿藐視他人，致遭人忌。至囑，至囑！我自少出門，每事知者皆作不知，甚至人皆以我為不識一字，我深以為喜。自辛未十月曾文正按臨[五]，深蒙嘉許，遂有人忌我。可知防不勝防！自三十歲辭退署缺[六]後，承李質堂軍門[七]延至蘇州葑門外黄天蕩太湖水師營務處，幫辦營務。即是幕友。十三年中幸無貽誤，於甲午年四月始至張宅[八]。其時宅中官場往來，每至年節，書札繁多，而營中事倩張玉森暫代。直至乙未六月始全脱去。自營哨各員弁盡稱我善。今雖七十以外，尚能見信於人。爾年方二十，前程遠大，宜事事修省，不動不變。一身之內，尤當着意，至要，至要！汪旭初[九]已由尹伯荃[十]致信去矣。爾衣服可致信練甫寄滬。刻下家中僕婦已去，此人竟偷米售於機房中，汪姆姆知之。明日薦順媽，未知有人來否？九組昨日來云，藕公初十後北行。我甫校《荆釵記》一半，昨日陸先生[十一]墓志稿來矣，陸先生常謂我堪與湯雨生[十二]相匹敵，愧何敢當！計有八百字。又須大費心力，此後墓志一項辭去。明日至松茂室[十三]打格，望前後當了此耳。黄吉園[十四]兩目幾次失明，全係肝熱，皆是狂喫羊肉而發。此次又大喫羊肉、燒酒，

以致僅存一線之光，危殆萬分。初一到來，兩目封結，一日兩劑。昨日又坐轎來，稍明，又經開方，明日又當轉方，屢戒不遵，日後難免成瞽也。

父字　初四夜

昨於護龍街書攤破書中，有湯貞愍公貽汾號雨生，常州人。事略墓志，其祖任臺灣淡水縣，適林爽文作亂，其父亦在臺北，均遭其害。雨生以襲職為三江營守備，歷升至温州樂清協副將，亦遭人忌。四十歲辭官，居南京，築琴隱園與袁子才輩稱大名士，善畫山水，能製曲。咸豐癸丑[十五]，江寧被陷，殉難，謚曰貞愍。論詩文及畫，我皆不能，而弓馬雜技以及寫字，湯当遜我，惟製曲予不能，而唱曲，湯雖能，終不能及我。各有三長耳。又白。

再爾生母顧恭人生於光緒元年乙亥二月十二日午時，没於光緒卅年甲辰十月初一辰時[十六]，乃女中之英俊，遇事立決，事無大小，處處坦然，從無慌張哭泣之狀，亦無憂貧多言，談笑自然。曾記甲辰年光緒卅年。九月廿九晚，坐談半夜，爾方三歲，時已熟睡。伊言：此子非庸碌之輩，奈我命不長，不及撫養。囑我善為護持，加意照管。至明日十月初一黎明，口不能言，即逝。余傷心悲切，迴异尋常。因此王欣老[十七]知硤石金氏有女，本因病不想出嫁，為父兄去世，願為人作繼室，撫育子女。於是丁未[十八]四月至硤，就親仝歸。照料一切，尚不至失所。而我家若

非顧氏，則絶矣！雖有繼嗣，不接氣矣！余刻刻在念。將來為父母及顧恭人務設一場水陸道場，吾心得以稍安。此外尚有多言，容再面語。

父又述　初五日

【注釋】

[一]陸儒卿，民國初年曾在上海大昌路（今南京東路）集益里，開設一家疋頭進出口字號。該屋為三開間石庫門。陸占東廂房，西廂房則是潘祥生的「潘和懋綢緞莊」。中間客堂公用，陸、潘都是崑曲愛好者，經常在此唱曲。俞粟廬來滬，常宿於此。其孫陸兼之原為銀行職員，後為上海崑劇團編劇。

[二]藕公，即穆藕初（一八七六—一九四三），下亦寫作蕅初。創辦德大、厚生、豫豐三大紗廠，是上海著名實業家。一九二〇年初，他到蘇州拜俞粟廬為師，學唱崑曲。俞粟廬年邁，行動不便，推薦俞振飛去上海教曲。穆藕初將俞振飛安排在紗布交易所任文書，業餘教曲。

[三]篴漁，即張笛漁，張履謙二孫子，蘇州道和曲社成員，唱小生。

[四]就事滬上，即指俞振飛在穆藕初的紗布交易所任文書。

[五]曾文正按臨，指清同治十年（一八七一）秋十月，兩江總督曾國藩到松江視察閱兵，當時俞粟廬任松江守備，他的騎兵營大受曾國藩賞識，奏請松江提標營為「江南第一營伍」。

[六]辭退署缺，指俞粟廬從松江守備調任金山守備，因受上司刁難，不久就辭官回家，醉心於學唱崑曲和書法藝術。

[七]李質堂，即李朝斌，松江提標營提督，官二品。軍門是對提督的尊稱。

[八]張宅，即蘇州望族張履謙家。

[九]汪旭初，常熟人，教曲為生，稱「拍先」。

[十]尹伯荃，蘇州畫家，曾為俞粟廬畫像。也是蘇州道和曲社成員。

[十一]陸先生，即陸廉夫（一八五〇—一九二〇），一九二一年四月與其夫人合葬。俞粟廬為其撰寫墓誌銘。可知此信寫於一九二一年三、四月間，信中提到俞振飛「年方二十」，亦可證實。

[十二]湯雨生，名貽汾，一八五三年太平天國戰攻克南京時殉難。

[十三]松茂室，蘇州著名筆墨莊。

[十四]黃吉園，蘇州火神廟前碑帖店老闆，俞粟廬常去鑒別真僞，與黃交為知交，後將俞振飛過繼於黃。

[十五]咸豐癸丑，即咸豐三年，一八五三年。

[十六]光緒元年，即一八七五年。光緒卅年，即一九〇四年。

[十七]王欣老，即王欣甫，海寧人，曲友，曾任上海縣令。

[十八]丁未，即光緒三十三年，一九〇七年。

振兒覽：昨接來信，尔要棉被，當由練甫寄
上。建往來書每晨寫李仲琁碑四大張，
一年後當（必）洗髓換骨，吾心中甚喜。尔
欲寫魏墓志，有孫遼浮圖銘可學。又
沈先生所臨王夢樓筆意蘭亭二頁，尔
可帶去。我當影臨油紙上，尔再將油紙
影於吾寫之字上，後以沈師書放桌上（細觀起落）
書之（每晨寫兩行寫四五遍），此即古人摹字之法。數日後手中行
筆熟（純）要筆筆與寶帶鬆而速，此所謂
臨字宜遲，摹字宜速。此數月以來結構
較熟（又有許多道理須用心之後一一能生出也），完可改頭換面也（人若肯一心做去不患無成）。紫東雖痛而無
力，與我等所患同耳，惟（此症）體弱者恐力不能
支，尤可免耳。其受病之由，秋（為）熱所致，熱入臟
腑而出（發即是伏邪），以遷延為要，廉夫亦傷於此，力不勝也。四極
刻已痊可，十九往婁東也。十月十六日 父字

信三

振兒覽：昨接來信，爾要棉被當由練甫寄上。建姪[一]來書，每晨寫《李仲琁碑》四大張，一年後必當洗髓換骨，吾心中甚喜。爾欲寫魏墓志，有《孫遼浮圖銘》可學。又沈先生[二]所臨王夢樓[三]筆意《蘭亭》二頁，爾可帶去。我當影臨油紙上，爾再將油紙影於吾寫之字上，復以沈師書放桌上，細觀起落，書之，每晨寫兩行，寫四五遍，此即古人摹字之法。數日後，手中行筆純熟，要筆筆喫實，帶松而速。此所謂臨字宜遲，摹字宜速也。數月以來，結構較熟，又有許多道理，須用心之後，一一能生出也，定可改頭換面也。人若肯一心做去，不患無成。紫東[四]雖癒而無力，與我等所患同耳。此症惟體弱者恐力不能支，尤可危耳。其受病之由，為秋熱所致。熱入臟腑而發出，即是伏邪，以透汗為要。廉夫亦傷於此，力不勝也。四姪刻已痊，可十九往婁東[五]也。

十月十六日　父字

【注釋】

[一] 建姪，即五姪俞建侯，幼年失怙，由俞粟廬撫養，十五歲時由俞粟廬介紹拜青浦一代名醫唐承齋為師。後成為唐承齋的女婿，在青浦朱家角行醫，工書法，能唱曲。

[二] 沈先生，即沈景修。見信一注。

[三] 王夢樓，名文治，清乾隆年間書法家。

[四] 紫東，即張履謙長孫，其唱曲與書法皆由俞粟廬親授。蘇州崑劇傳習所發起人之一。

[五] 婁東，即今之太倉。

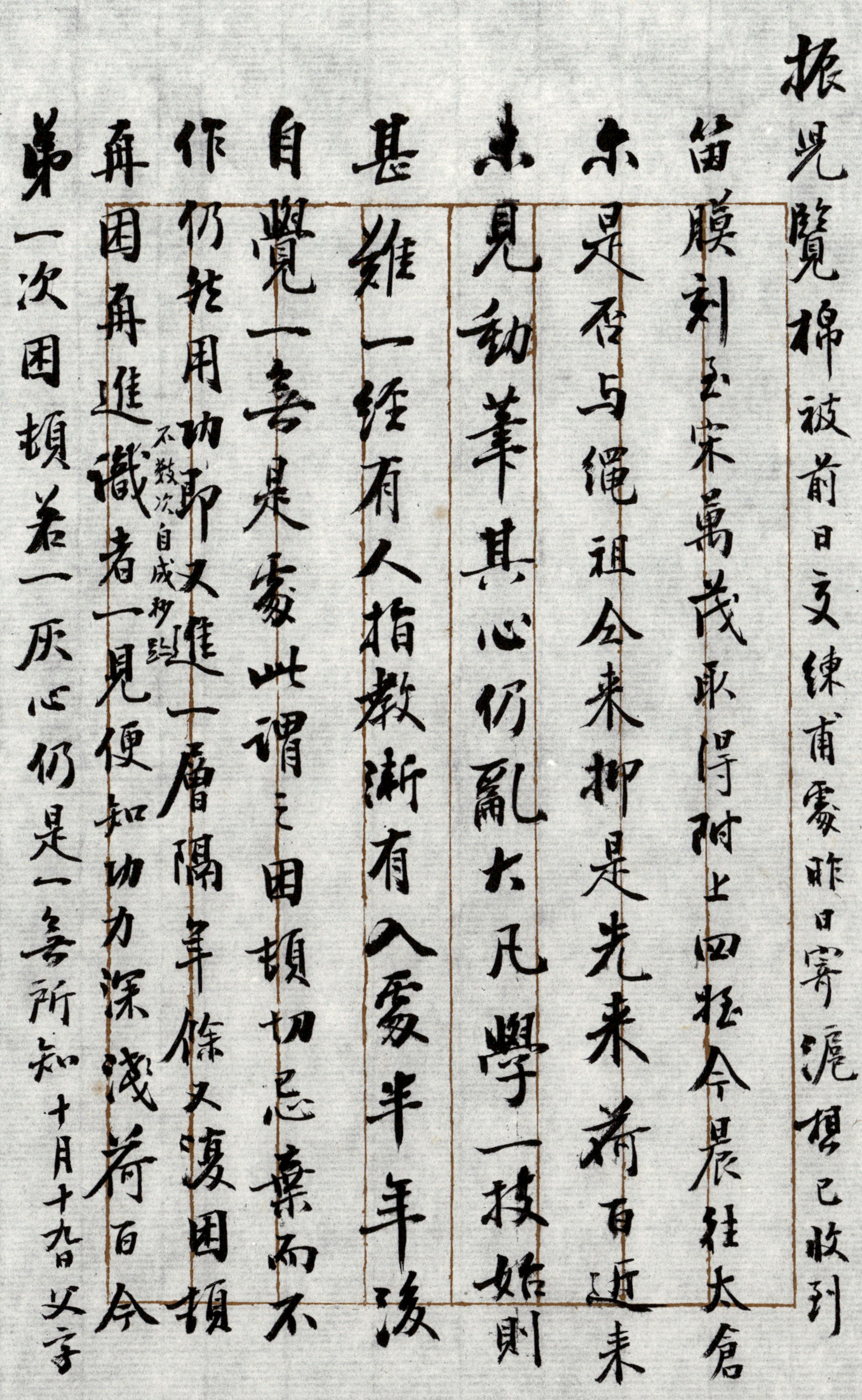

信四

振兒覽：棉被前日交練甫處，昨日寄滬，想已收到。笛膜刻至宋萬茂[一]取得附上。四姪今晨往太倉。爾是否與繩祖[二]仝來，抑是先來？荷百[三]近來未見動筆，其心仍亂。大凡學一技，始則甚難，一經有人指教，漸有入處。半年後，自覺一無是處。此謂之困頓。切忌棄而不作，仍然用功，即又進一層。隔年餘，又復困頓。再困再進，不數次，自成妙跡。識者一見，便知功力深淺。荷百今第一次困頓，若一灰心，仍是一無所知。

十月十九日　父字

【注釋】

[一] 宋萬茂，蘇州樂器店。

[二] 繩祖，即謝繩祖，上海慎昌洋行經理，喜崑曲，也是俞粟廬的學生。上海粟社的主要成員，工旦角。他對崑曲的唱法頗有研究，深得俞粟廬讚揚。

[三] 荷百，張紫東三弟，也是俞粟廬學生。

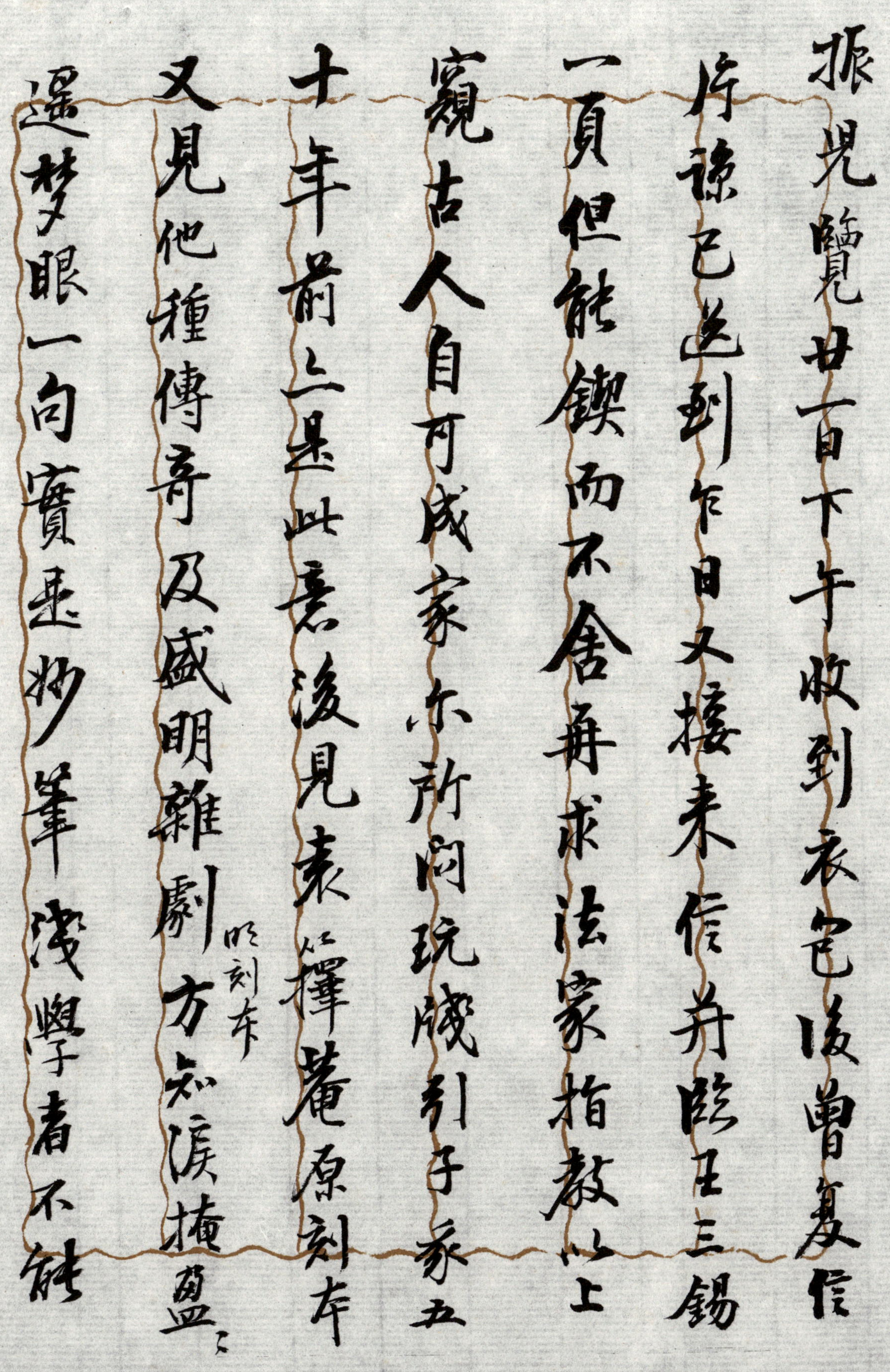
振兒覽 廿日下午收到衣包後曾復信片諒已送到 昨日又接來信并臨王三錫一頁 但能鍥而不舍再求法家指教以上窺古人自可成家 亦所謂玩戲引子 家五十年前亦是此意 後見袁江繹菴原刻本 又見他種傳奇及盛明雜劇 明刻本 方知淚擠盈盈 還夢眼一向實無妙筆 淺學者不能

知也。十年前海甯徐美若專改前人曲文說白，家與彼云：古人之曲相傳至今，若經後世唱者逐加塗改，使其體無完膚，何不自作佳曲歌之。大成九宮譜此引亦載，不更一字。隱上刻曲，以劉聚卿貴精，於《川四夢》之外《琵琶記》《西廂記》刻四五家本，《西樓》亦在其內，西泠印社有寄售，未改一字，惟《俠試》一折原本旦有南曲，因太長節去，存老生匙鋒底全套，而曲文白文未更一字。如家於同治十二年承韓先生諄囑，將此唱法轉教後人，俾可長久，說承老輩所囑，遇好此者傳以唱法而已，其餘不敢擅改。如玉於白中半生不死，下只斷之可，而吓字有數音，是語助，或作嗄音，或作哈音，或作喔音，看語白而定之。若念未傳不得其法，雖字字作準，而極可厭。此道非一言可了。諸夏安好

九月廿三日

信五

振兒覽：廿一日下午收到衣包後，曾復信片，諒已送到。乍日[一]又接來信，并臨王三錫[二]一頁。但能鍥而不舍，再求法家指教，以上窺古人，自可成家。爾所問《玩牋》[三]引子，我五十年前亦是此意。後見袁籜庵[四]原刻本，又見他種傳奇及《盛明雜劇》明刻本，方知「淚掩盈盈遥夢眼」一句，實是妙筆。淺學者不能知也。十年前，海寧徐美若專改前人曲文、說白。我與彼言，古人之曲，相傳至今，若經後世唱者逐加塗改，使其體無完膚，何不自作佳曲歌之？《大成九宮譜》[五]此引子亦載，不更一字。滬上刻曲，以劉聚卿最精。「臨川四夢」之外，《琵琶記》、《西厢記》刻四五家本、《西樓》亦在其内，西泠印社有寄售。未改一字。惟《俠試》一折，原本旦有南曲，因太長，節去，存老生「點絳唇」全套，而曲文、白文未更一字也。我於同治十二年[六]承韓先生[七]諄囑，將此唱法轉教後人，俾可長久。既承老輩所囑，遇好此者傳以唱法而已。其餘不敢擅改也。至於白中「半生不死」下即斷，亦可。而「吓」字有數音，是語助，或作「嗄」音，或作「哈」音，或作「喔」音，看語句而定。若念來不得其法，雖字字作準，而極可厭。此道非一言可了。此復。

父字　九月廿三日

【注釋】

[一]乍日，昨日。乍，即昨。下同。

[二]王三錫，清乾隆年間嘉定人。字邦懷，號竹嶺。善畫山水，又喜作花卉及寫意人物。

[三]《玩牋》，《西樓記》中一折。

[四]袁籜庵，即《西樓記》作者袁于令。籜庵是其號，江蘇吴縣人，工於詞曲著稱。今存《西樓記》、《鷫鸘裘》、《長生樂》三種。

[五]《大成九宮譜》，全稱是《九宮大成南北詞宫譜》，清莊親王允禄奉乾隆帝命編纂，共八十二卷，包括南北曲牌兩千零九十四支，連同變體共四千四百六十六支曲調，是研究崑曲南北曲音樂的重要資料。

[六]同治十二年，一八七三年。

[七]韓先生，即韓華卿，崑曲「葉派唱口」的傳人，同光年間，寓居上海。吴梅《俞宗海家傳》說：「婁人韓華卿者，佚其名，善歌，得長洲葉堂家法。」陸萼庭《崑劇演出史稿》說：「道咸間傳葉派唱口的有一位韓華卿，他是著名曲社上海怡怡集成員，擅唱旦色，華卿傳弟子俞宗海。」宗海，俞粟廬名宗海。

振兒覽：昨复函計已覽，又馬稚做成与
鞋子一併，曲練甫交轉運處寄上，收到
後即行寄片練甫為要。西樓記當時袁
籜庵作成後，即与李玄玉觀，李加悮緘（振書以前）
錯夢二折（原本作心驚顫，起即是錯夢），李筆墨勝袁，自明
末至今三百年來，唱西樓記者不知幾
萬人，（其中）豈無一通人，直至今日反要改其曲文，
此不明曲學也。須將元人百種曲細讀，再將
六十種曲以及近今劇本參觀，方知此中
意義。若開卷就論是非，其不學可知。
徐美若擅改之曲，徒被人笑罵而已。相傳
李玄玉作悮緘錯夢二折之後，至歲暮恬
然自得，其妻言甕中粒（米）全無，何以卒歲。
李云袁翁必有重謝，即（餞）聞叩戶聲，則
籜庵着人送銀四百兩至矣。近时王夢
樓善製曲，深佩服籜庵，實是知音者。
吳瞿安明白此中之理也。九月廿四日　父字

信六

振兒覽：乍復一函，計已覽入。馬褂改做成，與鞋子一併由練甫交轉運處寄上。收到後即行寄片練甫為要。《西樓記》當時袁籜庵作成後，即與李玄玉[一]觀，李加《拆書》以前《悞緘》、《錯夢》二折。原本「心驚顫」起即是《錯夢》。李筆墨勝袁。自明末至今三百年來，唱《西樓記》者，不知幾萬人，其中豈無一通人？直至今日，反要改其曲文？此不明曲學也。須將元人百種曲細讀，再將《六十種曲》以及近今劇本參觀，方知此中意義。若開卷就論是非，其不學可知！徐美若擅改之曲，徒被人笑罵而已。相傳李玄玉作《悞緘》、《錯夢》二折之後，至歲暮，怡然自得。其妻言甕中粒米全無，何以卒歲？李云袁翁必有重謝。俄即聞叩户聲，則籜庵着人送銀四百兩至矣。近時王夢樓善製曲，深佩服籜庵，實是知音者。吴瞿安[二]明白此中之理也。

九月廿四日　父字

【注釋】

[一]李玄玉，即李玉，明末清初著名劇作家。入清以後，絶意仕途，所作傳奇現存十九種之多。《一捧雪》、《占花魁》、《清忠譜》、《眉山秀》皆是其代表作。

[二]吴瞿安，即吴梅（一八八四—一九三九），近代曲學大師，蘇州崑劇傳習所發起人之一。他的崑曲也是俞粟廬教授。一九三〇年俞粟廬去世後，吴梅作《俞宗海家傳》，對俞粟廬的唱曲藝術作了高度評價。他认為：「傳葉堂正宗者，惟君一人而已。」此已成為歷史定評。

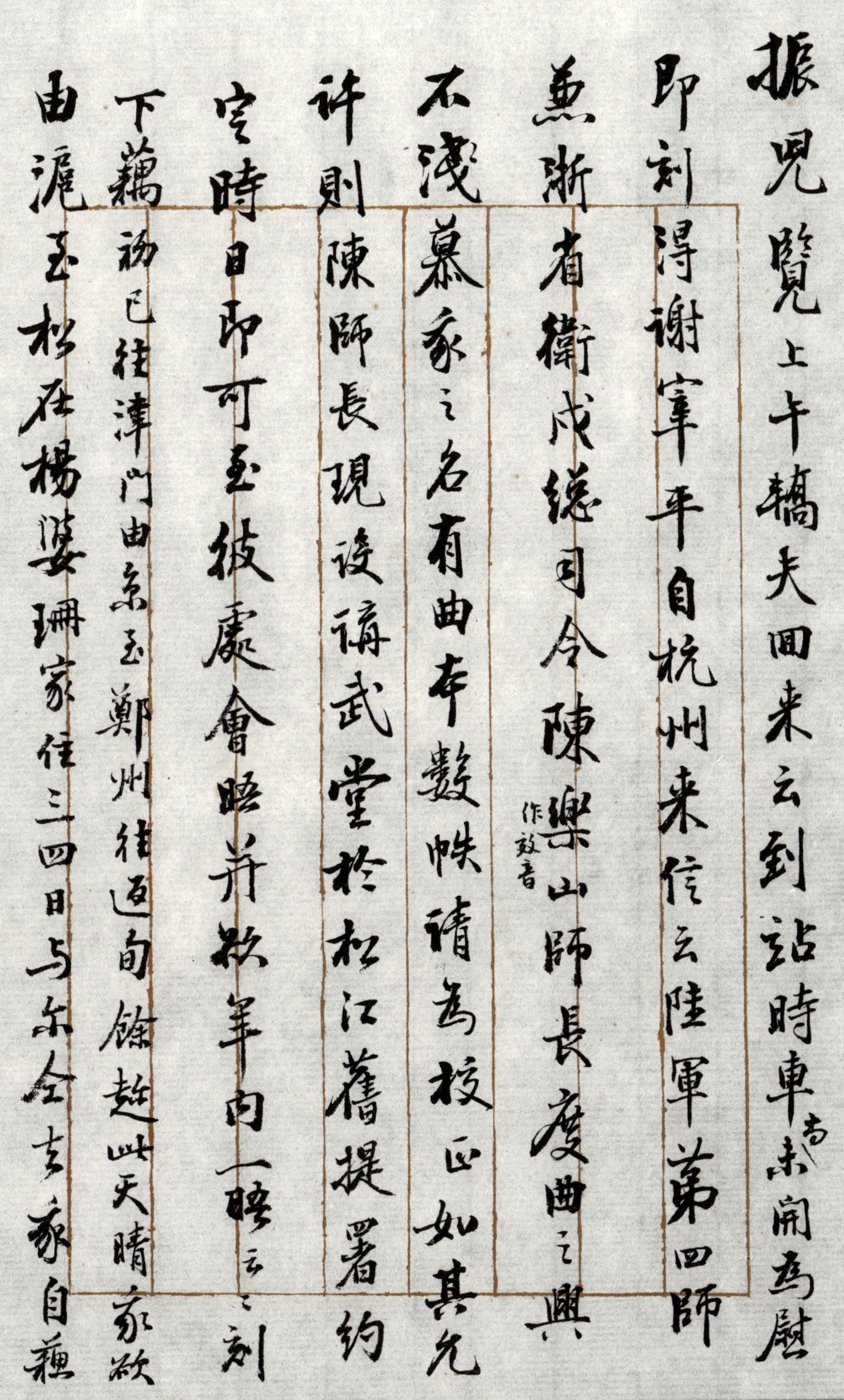
振兒覽 上午赭夫回來云到站時車尚未開為慰
即刻得謝寧平自杭州來信云陸軍第四師
兼浙省衛戍總司令陳樂山師長度曲之興
不淺慕家之名有曲本數帙請為校正如其允
許則陳師長現設講武堂於松江舊提署約
定時日即可至彼處會晤并[illegible]年內一暇之刻
下藕初已往津門由京至鄭州往返旬餘趁此天晴家欲
由滬至松在楊婆珊家住三四日與[illegible]自[illegible]

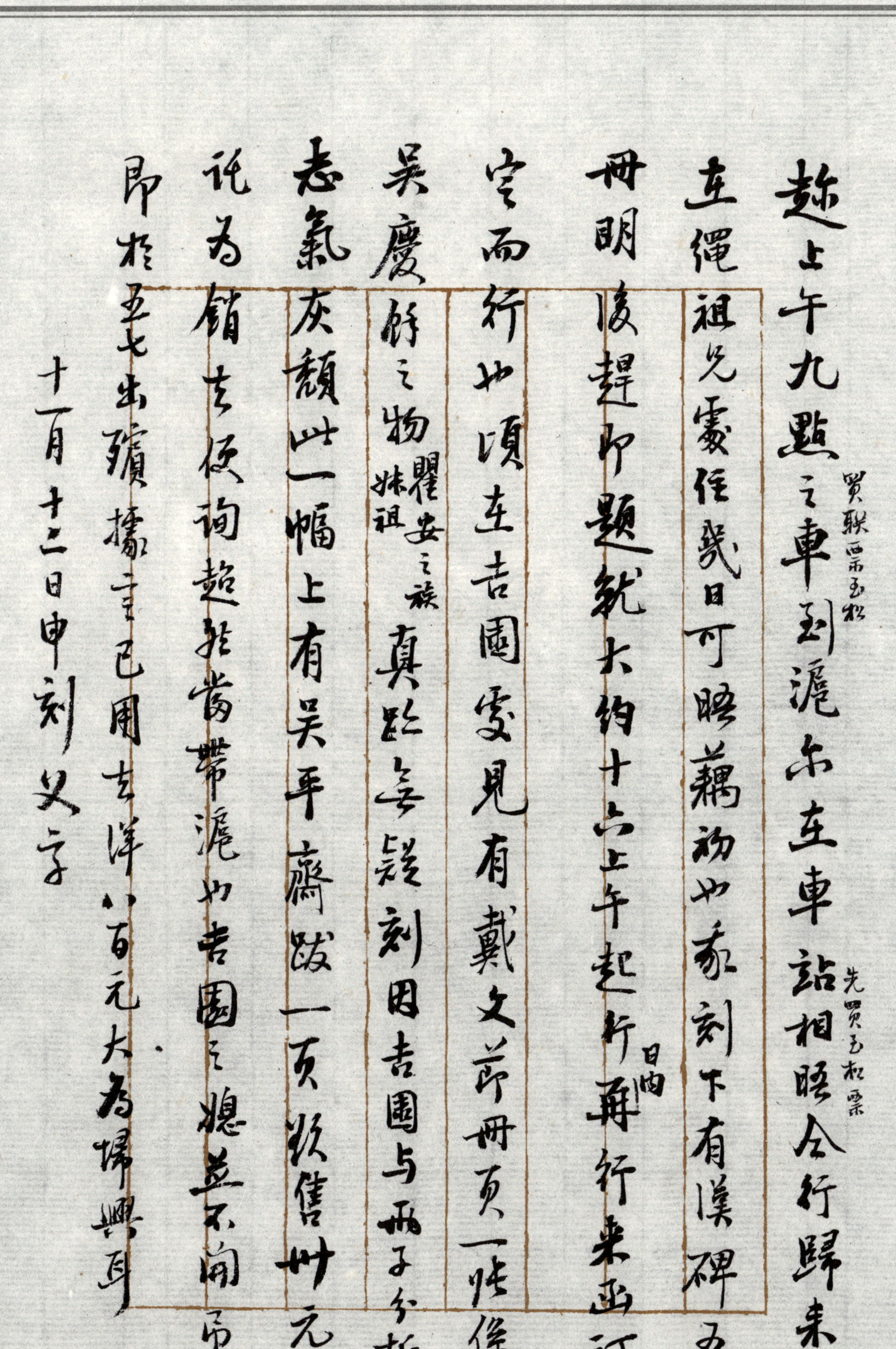
趂上午九點之車買聯票至松到滬亦在車站相晤仝行歸来
在繩祖兄處住幾日可晤藕初也我刻下有漢碑五
冊明後趕即題就大約十六上午起行日內再行来函訂
定而行也頃在吉園處見有戴文節冊頁一张係
吳慶餘之物瞿安之族妹祖真跡無疑刻因吉園与兩子分析
志氣灰頹此一幅上有吳平齋跋一頁欲售卅元
託為銷去便詢超然當帶滬也吉園之媳並不開吊
即於五七出殯據言已用去洋八百元大為掃興耳
十月十二日申刻　父字

信七

振兒覽：上午轎夫回來云，到站時車尚未開，為慰。即刻得謝宰平自杭州來信云，陸軍第四師兼浙省衛戍總司令陳樂作效音山師長，度曲之興不淺。慕我之名，有曲本數帙，請為校正。如其允許，則陳師長現設講武堂於松江舊提署，約定時日，即可至彼處會晤，并欲年內一晤云云。刻下藕初已往津門，由京至鄭州，往返旬餘，趂此天晴，我欲由滬至松，在楊婆珊[一]家住三四日，與爾仝去。我自蘇趂上午九點之車買聯票至松。到滬，爾在車站，先買至松票，相晤仝行，歸來在繩祖兄處住幾日，可晤藕初也。我刻下有漢碑五冊，明後趕即題就，大約十六上午起行，日內再行來函訂定而行也。頃在吉園處，見有戴文節[二]冊頁一張，係吳慶餘之物，瞿安之族姊祖。真跡無疑。刻因吉園與兩子分析，志氣灰頹。此一幅上有吳平齋跋一頁，欲售卅元，託為銷去。便詢超然[三]，當帶滬也。吉園之媳並不開弔，即於五七出殯，據言已用去洋八百元，大為掃興耳！

十一月十二日申刻　父字

【注釋】

[一] 楊婆珊，松江人，據俞振飛回憶，他是俞粟廬的結拜兄弟。

[二] 戴文節，即戴熙，清道光進士，官至兵部右侍郎。太平天國陷杭州時，戴投池殉難，謚文節。詩與畫有名於時。

[三] 超然，即馮超然，畫家。松江人。幼時家貧，常到裱畫店臨摹畫作，俞粟廬發現後，認為是可造之材，後介紹到蘇州張履謙家。馮超然在蘇五載，畫名漸大，並與張履謙的孫子張紫東義結金蘭。一九一二年應李平書之邀，來滬發展，成為著名海派畫家之一。

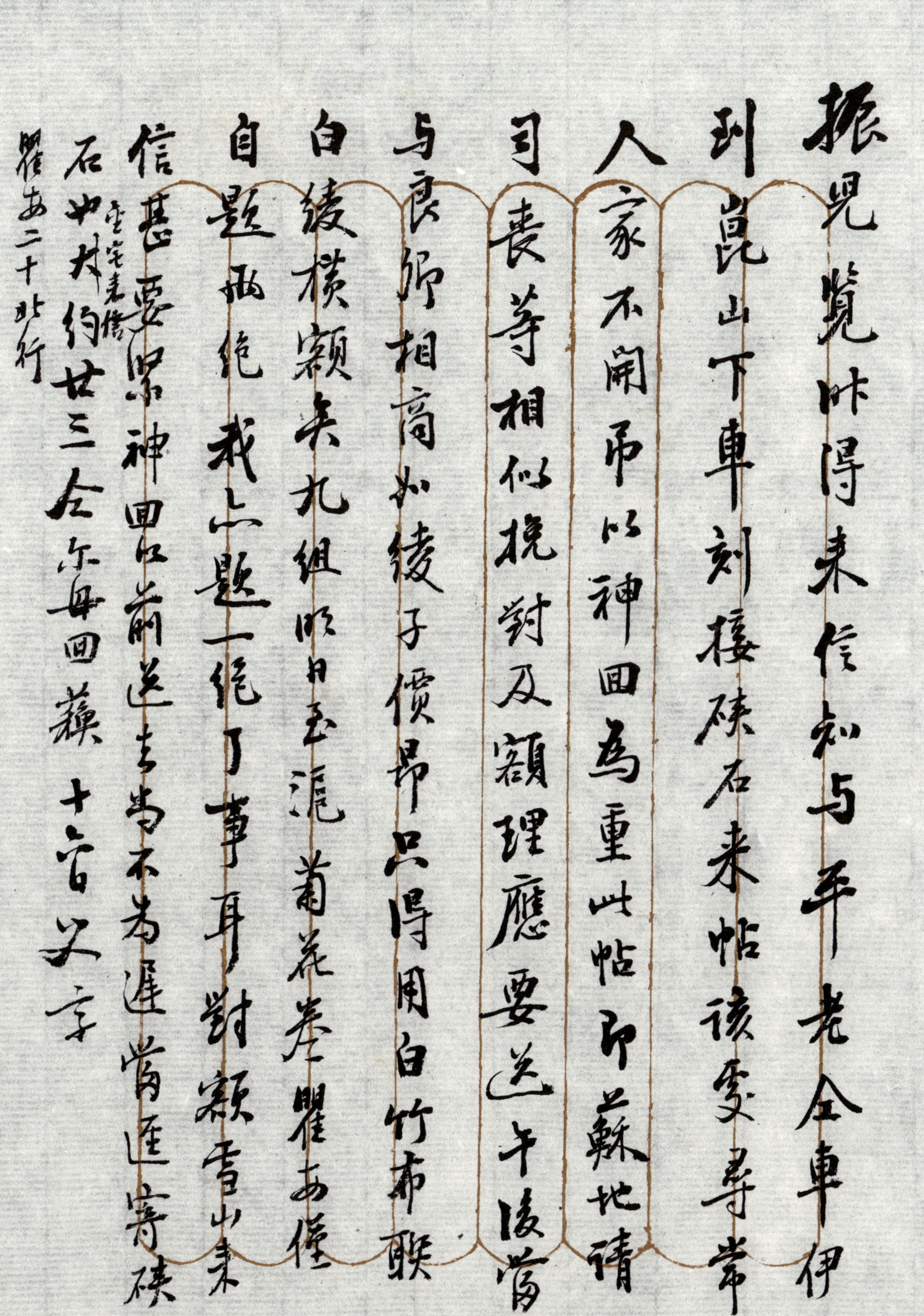
振兒覽昨得來信知與平老仝車伊
到昆山下車刻接硤石來帖該處尋常
人家不開弔以神回為重此帖即蘇地請
司喪等相似挽對及額理應要送午後當
與良卿相商如綾子價昂只得用白竹布聯
白綾橫額矣九組明日至滬菊花卷瞿安僅
自題兩絕我亦題一絕了事耳對額雪山來
信甚要緊神回以前送去尚不為遲當逕寄硤
石也金宅來信大約廿三仝爾母回蘇 十六日 父字
瞿安二十北行

信八

振兒覽：昨得來信，知與平老[一]仝車，伊到崑山下車。刻接硤石來帖，該處尋常人家不開弔，以神回為重。此帖即蘇地請司喪等相似。挽對及額，理應要送。午後當與良卿[二]相商。如綾子價昂，只得用白竹布聯、白綾橫額矣。九組明日至滬。菊花卷瞿安僅自題兩絕，我亦題一絕了事耳。對額雪山來信，甚要緊，神回以前送去，尚不為遲，當逕寄硤石也。金宅[三]來信，大約廿三仝爾母回蘇。瞿安二十北行。

十六日　父字

【注釋】

[一]平老，即李平書，辛亥革命後，出任上海滬軍都督府民政總長、招商局總理。他從破落的前清官僚那裏，收羅了一大批書畫古玩。他邀請了上海、蘇州一些名家，如吴昌碩、王一亭、陸廉夫、俞粟廬、毛子建、馮超然等，每月都有聚會，一起鑒定賞玩。俞振飛從十歲開始，就隨父出入李家。

[二]良卿，即王良卿，蘇州裱畫師，開裱畫店，後由俞粟廬推薦給李平書。

[三]金宅，即俞振飛繼母家，其時她去硤石娘家奔喪。

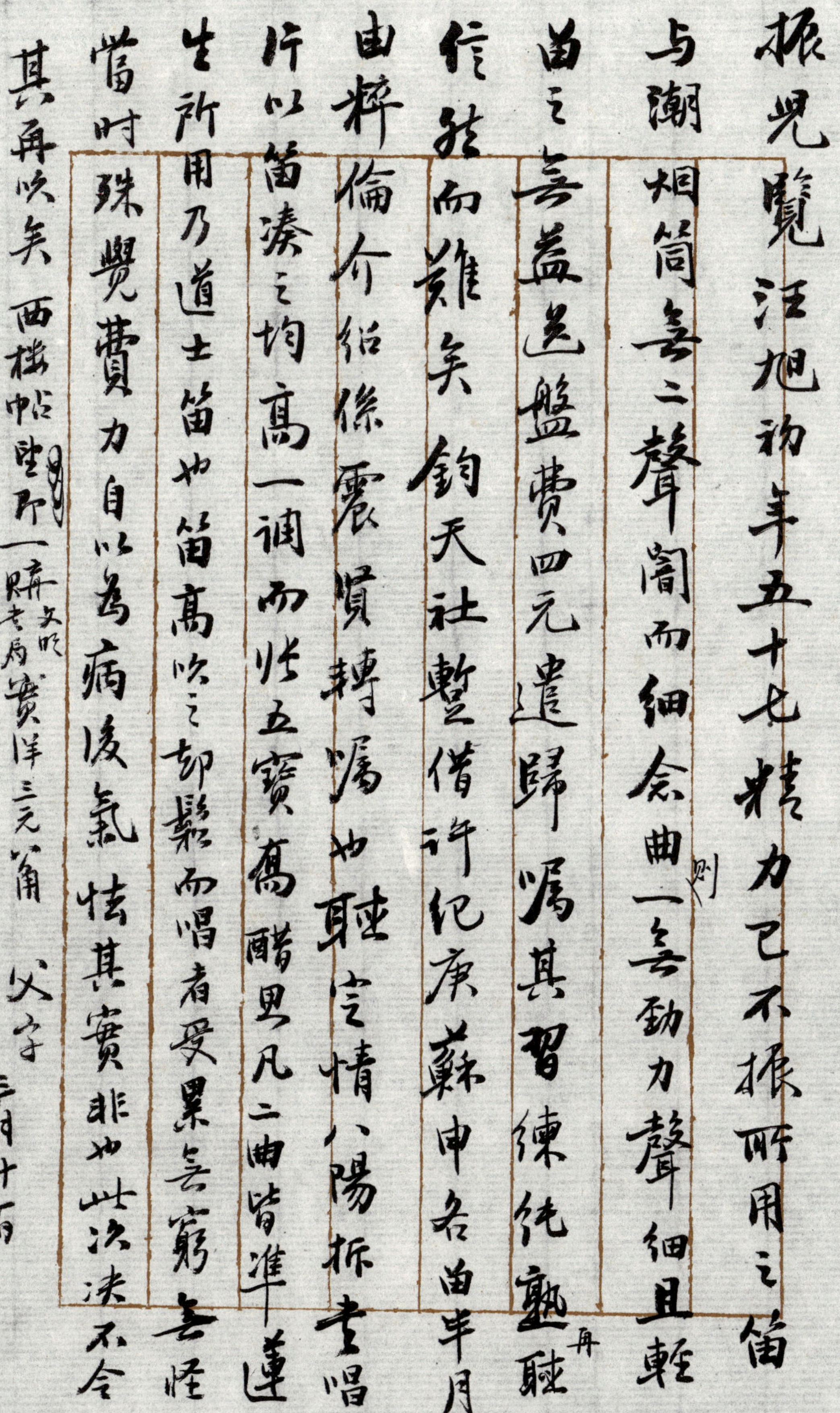
振兒覽 汪旭初年五十七精力已不振所用之笛
与潮烟筒無二聲闇而細念曲則一無勁力聲細且輕
留之無益送盤費四元遣歸囑其習練純熟再聽
信然而難矣 鈞天社暫借許紀庚蘇申各留半月
由粹倫介紹係震賢轉囑也聽定情八陽拆書唱
片以笛湊之均高一調而張五寶喬醋思凡二曲皆準蓮
生所用乃道士笛也笛高吹之却鬆而唱者受累無窮無怪
當时殊覺費力自以為病後氣怯其實非也此次決不令
其再吹矣 西樓帖望即一購 文明書局 實洋三元八角 父字
三月十一日

信九

振兒覽：汪旭初[一]年五十七，精力已不振。所用之笛與潮烟筒無二，聲闇而細。念曲則一無勁力，聲細且輕。留之無益，送盤費四元遣歸。囑其習練純熟再聽，信然而難矣。鈞天社[二]暫借許紀庚[三]，蘇、申各留半月，由粹倫[四]介紹，係震賢[五]轉囑也。聽《定情》、《八陽》、《拆書》唱片[六]，以笛湊之，均高一調。而張五寶[七]《喬醋》、《思凡》二曲皆準。蓮生[八]所用乃道士笛也。笛高，吹之却鬆，而唱者受累無窮。無怪當時殊覺費力，自以為病後氣怯，其實非也。此次決不令其再吹矣！《西樓帖》望即一購，文明書局。實洋三元八角。

父字　三月十一日[九]

【注釋】

[一] 汪旭初，見信二注。

[二] 鈞天社，上海著名曲社之一。

[三] 許紀庚，崑山笛師，蘇州道和曲社延聘之拍先。

[四] 粹倫，即吴粹倫，蘇州道和曲社成員，蘇州崑劇傳習所發起人之一。

[五] 震賢，即殷震賢，上海曲友，工旦，傷科醫生，其崑曲也由俞粟廬教授。

[六] 一九二一年二月，由穆藕初出資，俞粟廬在百代公司録制唱片，計十三面，每面一支曲。《定情》、《八陽》、《拆書》是其中三支。

[七] 張五宝，曲友，生平不詳。

[八] 蓮生，即嚴蓮生，笛師。俞粟廬第一次灌唱片，由他吹笛，因調不准而撤换。嚴原本敲小鑼，後改吹笛。窮困潦

振兒收覽：接來信，知廿八日午刻到申，爲慰。滬上人所喜者賣野人頭，袁二乃（如此行徑）無恥之徒，而一班逐臭之人，猶與彼敷衍，無謂極矣。昨日怡如處開場，已有三下鐘。麟仲亦都中來，獲唱《蹋月》《窺醉》。黄心甫兩弟均來，皆可造就。而正旦程佳（可膝）博如將連牙鉗，皆開記性之好無極極，不吐之腔，老生唱疑識

倒，住在潘祥生綢緞莊内，生活由潘祥生供給。

[九] 俞粟廬一九二一年二月初次録唱片，三月聽樣片。可知此信寫於一九二一年。

正旦投潤伊等言居（住）即在傅芳巷與我安近在數武之間，當要來就教也。公可念白有七分之功夫矣。子美唱曲亦有七分，刻欲練白，昨與鼎孚談多時，見伊鬚已多白，而前在張宅所見皆黑，知其用烏鬚藥也。伊言每日下午須睡一時許，據伊云一切動作起居多不及家兆步履作書之類，然伊長我三歲，古稀已上之人，大一歲已難得。家未知能到七十七否。九宅有二十房之盛，小孩不知幾多，其福澤之大，吳中無有其匹，據潤卿四十年老友，如伊子孺子涵在京並不依附潤人，而洵洵儒雅，又學西學，皆通。今欲托辦局檔，而頗蕭生受，又不肯讓。家今日嘗至王恒源往詢（硯卿存有局檔，果收藏，卿亂前之物，一當時知有價值，一對今無其匹）未知其物尚存否。前日與潤卿看戲，照目下做法尚屬認真，若能始終如一，不患無人看也。安字復

十月朔日

信十

振兒收覽：接來信知廿八日午刻到申，為慰。滬上人所喜者賣野人頭[一]。袁二如此行徑，乃無恥之徒[二]，而一班逐臭之人，猶與彼敷衍，無謂極矣。乍日怡如[三]處開場已有三下鐘。麟仲[四]亦都中來蘇，唱《蹋月》、《窺醉》。黃心畬[五]兩弟均來，皆可造就，而正旦猶佳。可勝博如。好在牙鉗皆開，記性亦好，無格格不吐之腔。老生唱《疑讖》，正旦《投淵》。伊等言住居即在傳芳巷，與我處近在數武之間，當要來就教也。公可[六]念白有七分功夫。子美[七]唱曲亦有七分，刻欲練白。乍與尤鼎孚[八]談多時，見伊鬚已多白，而前在張宅所見皆黑，知其用烏鬚藥也。伊言每日下午須睡一時許。據伊云，一切動作起居，多不及我，如步履、作書之類。然伊長我三歲，古稀已上之人，大一歲已難得，我未知能到七十七否？[九]尤宅有二十房之盛，小孩不知幾多，其福澤之大，吳中無有其二。孫澐卿[十]四十年老友也，伊子號子涵，在京並不依附闊人，而洵洵儒雅，文學、西學皆通，今欲托辦局擔[十一]，而顧菊生處又不肯讓。我今日當至王恒源[十二]往詢，硯卿本有局擔，是張毅卿亂前之物。當時知有嗩吶一對，今無其匹。未知其物尚存否。前日與澐卿看戲，照目下做法，尚屬認真。若能始終如一，不患無人看也。

父字復　十月朝日

【注釋】

[一]上海人所謂「賣野人頭」，指弄虛作假、嘩衆取寵之意。

[二]袁二，即袁世凱二子袁寒雲，名克文，號抱存，寒雲是其字。一九一九年他與幾個朋友在上海辦三日一期的《晶報》。一九二一年夏，俞粟廬的崑曲唱片發行後，袁寒雲在《晶報》撰文，攻擊俞粟廬「讀白字」。其實「窗外喁喁」之「喁」字，有兩個讀音，可念「容」，也可念「愚」。袁寒雲京崑不擋，誰知南方人宗俞粟廬的唱法，不買他的賬，因此借機向俞粟廬發難。

[三]怡如，蘇州道和曲社成員。

[四]麟仲，即陸麟仲，蘇州道和曲社成員。

[五]黃心畬，蘇州道和曲社成員。

[六]公可，即顧公可，俞粟廬學生，俞因年邁，後讓俞振飛去顧宅怡園教曲。

[七]子美，即李子美，見信一注。

[八]尤鼎孚，蘇州望族，曲友，道和曲社成員。

[九]俞粟廬時年七十四歲，可推知此信作於一九二一年。

[十]孫澐卿，道和曲社成員。

[十一]局擔，指唱曲用來放樂器的箱子。一只方，一只長，唱「同期」時雇人挑來。

[十二]王恒源，當為硯卿的店號。硯卿，蘇州曲友。

振兒覽照鶚东云趙杰深望亦去与彼
訂定作直日期（七日之中约二三期）當時本意原爲動
筆爲主近日亦有馳務日刻下坐定
當注意於此爲要大氐出外就事之事
須得有一技之能使人所不可及（而）一生即
（可）從此立足學時務要勇猛精進方能到
此地步昨日陸介生受後場（同期當十六折）幸松福五穫
適蔣廟合是此日趙四阿桂往蔣廟月泉与
松福紀庚阿榮玉大郎橋巷九組前日
來穫与彼對高醋喫緊要不（遠）如南屏
鼎臣与詠陶陽閣尚乎正盛懷仁許纖士
王奏六三人合議親一折其中散漫而不接氣
之外白（曲音之生澁）文之怪聲俚鄙錯訛破句不一而足
令人幾欲掩耳疾走松福亦搖首攢眉
長歎不已奈之何哉張子房（李斌去）念白上是此類及
不及日鼎臣之學螻蟻上山得有小進而善迟耳
此道斷難久時時深可慨也八月廿日父字

信十一

振兒覽：晤紫東，云超然深望爾去，與彼訂定作晝日期七日之中約二三期，當時本意原為動筆為主。近日爾奔馳多日，刻下坐定，當注意於此為要。大凡出外就事之事，須得有一技之能，使人所不可及，而一生即可從此立足。學時務要勇猛精進，方能到此地步。乍日陸介生[一]處，同期唱十六折。後場幸松福[二]在蘇，適蔣廟仝是此日。趙四[三]、阿桂[四]往蔣廟，月泉[五]與松福、紀庚[六]、阿榮[七]至大郎橋巷。九組前日來蘇與彼對《喬醋》，喫緊處遠不如南屏[八]、鼎臣[九]與詠陶[十]。《陽關》尚平正，盛懷仁[十一]、許箴士[十二]、王奏六[十三]三人合《議親》一折，其中散漫而不接氣之外，曲音之生澀，白文之怪聲，俚鄙錯訛，破句，不一而足，令人幾欲掩耳疾走。松福亦搖首攢眉，長歎不已，奈之何哉！張子曼[十四]、李式安[十五]念白亦是此類，反不及鼎臣之學螻蟻上山，得有小進，而無退耳。此道斷難久恃，深可慨也。

八月廿九日　父字

【注釋】

[一]陸介生，蘇州道和曲社成員。

[二]松福，王松福，蘇州人，當時最好的打鼓佬，能背出四五百齣戲。他所用之鼓膛子大，與今不同。年齡比俞粟廬還大。

[三]趙四，名趙桐壽，又呼阿四，笛師兼拍先，原在蘇州，後被上海粟社請去。

[四]阿桂，即陳阿桂，蘇州笛師。

[五]月泉，即沈月泉，崑劇全福班藝人，工小生。後為崑劇傳習所主教老師。

[六]紀庚，蘇州道和曲社成員。

[七]阿榮，即李榮生，一九〇二年生，蘇州笛師。一九四五年，梅蘭芳復出演崑劇時，就是請他吹的笛。浙江崑劇團《十五貫》拍電影時，也是請他吹笛。李榮生拍完電影回蘇州，不久便去世。

[八]南屏，即鮑南屏，蘇州道和曲社成員，光緒年間曾當過小吏。

[九]鼎臣，即汪鼎臣，蘇州人，張紫東母舅。一九一三年起任吴縣縣立第一中學校長，長達十四年。一九二一年，蘇州諧集曲社與禊集曲社合并為道和曲社，汪出任道和曲社社長。他也是蘇州崑劇傳習所發起人之一，傳習所的校牌也是汪所書寫。一九三五年在蘇州病逝。

[十]詠陶，蘇州道和曲社成員。

[十一]盛懷仁，蘇州道和曲社成員。

[十二]許箴士，蘇州道和曲社成員。

[十三]王奏六，蘇州道和曲社成員。

[十四]張子曼，蘇州道和曲社成員，張紫東的堂弟。

[十五]李式安，蘇州道和曲社成員，蘇州崑劇傳習所發起人之一。

字寄振兒收覽乍接十一日来信知前月酬應
紛紛目下薪水助振在外就事應得如是惟近今
酬應較大我於同治六七八年在松營署任每季
公分多至一兩有零每分不過銀一錢幾分皆
由糧房墊應俟廉俸銀兩到時除扣而衆同人
尚言酬應太多為慮今一元公分已有七錢有餘其浪
費可知爾臨王三錫筆意相近甚慰但願
鍥而不舍則有進無退積久自有把握即
成大家爾所要棉襖棉袍即日當交練甫
轉寄皮袍稍遲再寄四姪於昨日旁晚自太

信十二

字寄振兒收覽：乍接十一日來信，知前月酬應紛紛，目下薪水助振，在外就事，應得如是。惟近今酬應較大。我於同治六、七、八年在松營署任[一]，每季公分多至一兩有零，每分不過銀一錢幾分，皆由糧房墊應，俟廉俸銀兩到時除扣，而同人[二]尚言酬應太多為慮。今一元公分已有七錢有餘，其浪費可知。爾臨王三錫筆意相近，甚慰。但願鍥而不舍，則有進無退，積久自有把握，即成大家。爾所要棉襖、棉袍，即日當交練甫轉寄。皮袍稍遲再寄。四姪於昨日旁晚，自太……[三]

【注釋】

[一] 指一八六七年至一八六九年，俞粟廬在松江任千摠、守備之時。

[二] 舊時稱同事為「同人」，又寫作「同仁」。

[三] 此信未完，疑為缺頁。

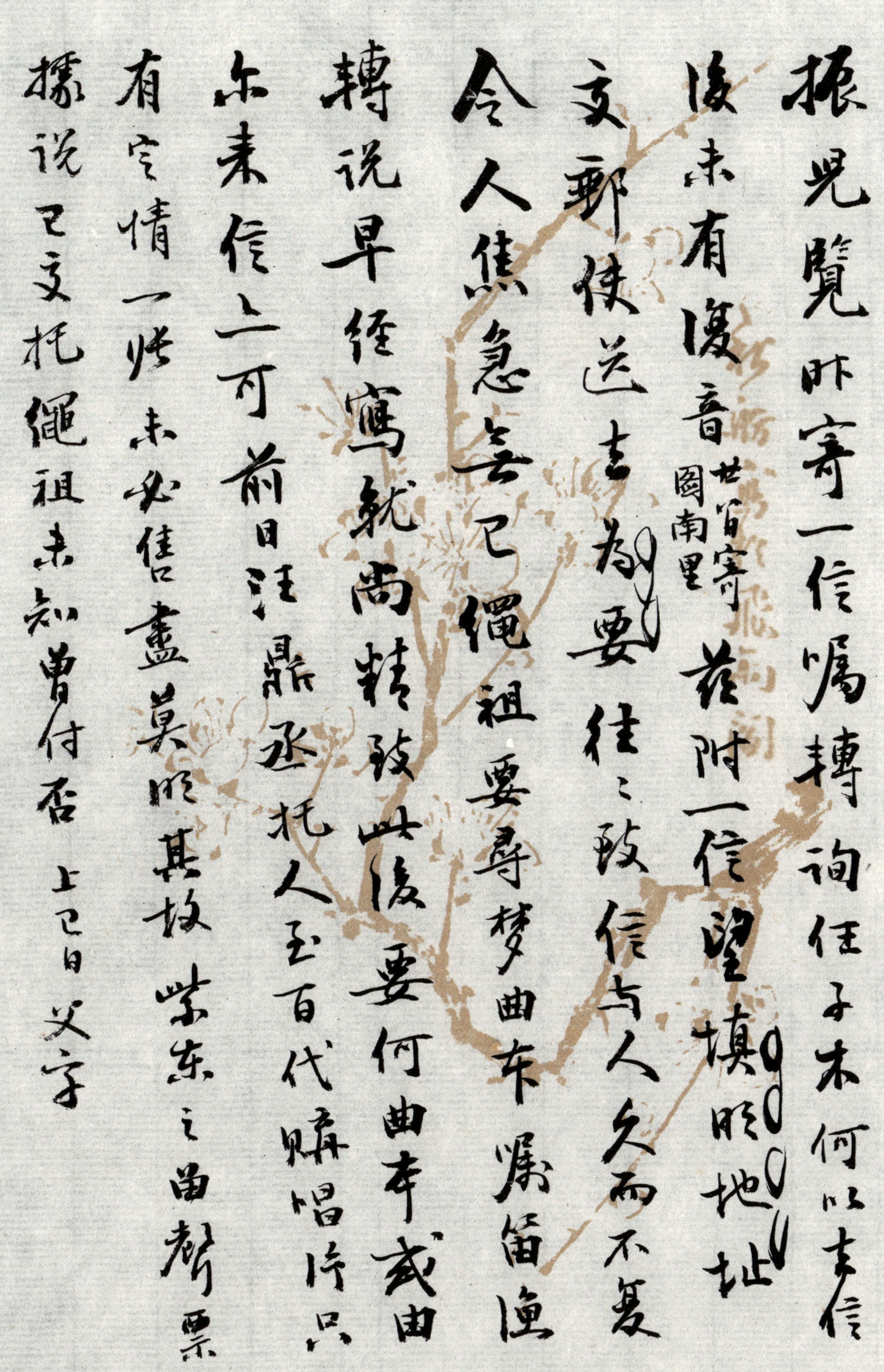
振兒覽：昨寄一信，囑轉詢任子木，何以去信後未有復音。廿八日寄圖南里 茲附一信，望填明地址，交郵使送去，為要！往往致信與人，久而不復，令人焦急無已。繩祖要尋夢曲本，囑笛漁轉說，早經寫就，尚精致。此後要何曲本，或由爾來信亦可。前日汪鼎丞托人至百代購唱片，只有定情一張，未必售盡，莫明其故。紫東之留聲票，據說已交托繩祖，未知曾付否？ 上巳日 父字

信十三

振兒覽：昨寄一信，囑轉詢任子木[一]，何以去信後未有復音。廿八日寄圖南里。茲附一信，望填明地址，交郵使送去，為要！往往致信與人，久而不復，令人焦急無已。繩祖[二]要《尋夢》曲本，囑笛漁[三]轉說，早經寫就，尚精致。此後要何曲本，或由爾來信亦可。前日汪鼎丞[四]托人至百代購唱片，只有《定情》一張，未必售盡，莫明其故。紫東[五]之留聲票，據說已交托繩祖，未知曾付否？

上巳日　父字

【注釋】

[一] 任子木，上海曲友，鈞天社負責人之一。

[二] 繩祖，見信四注。

[三] 笛漁，即張邃漁，見信二注。

[四] 汪鼎丞，即汪鼎臣，見信十一注。

[五] 紫東，見信三注。

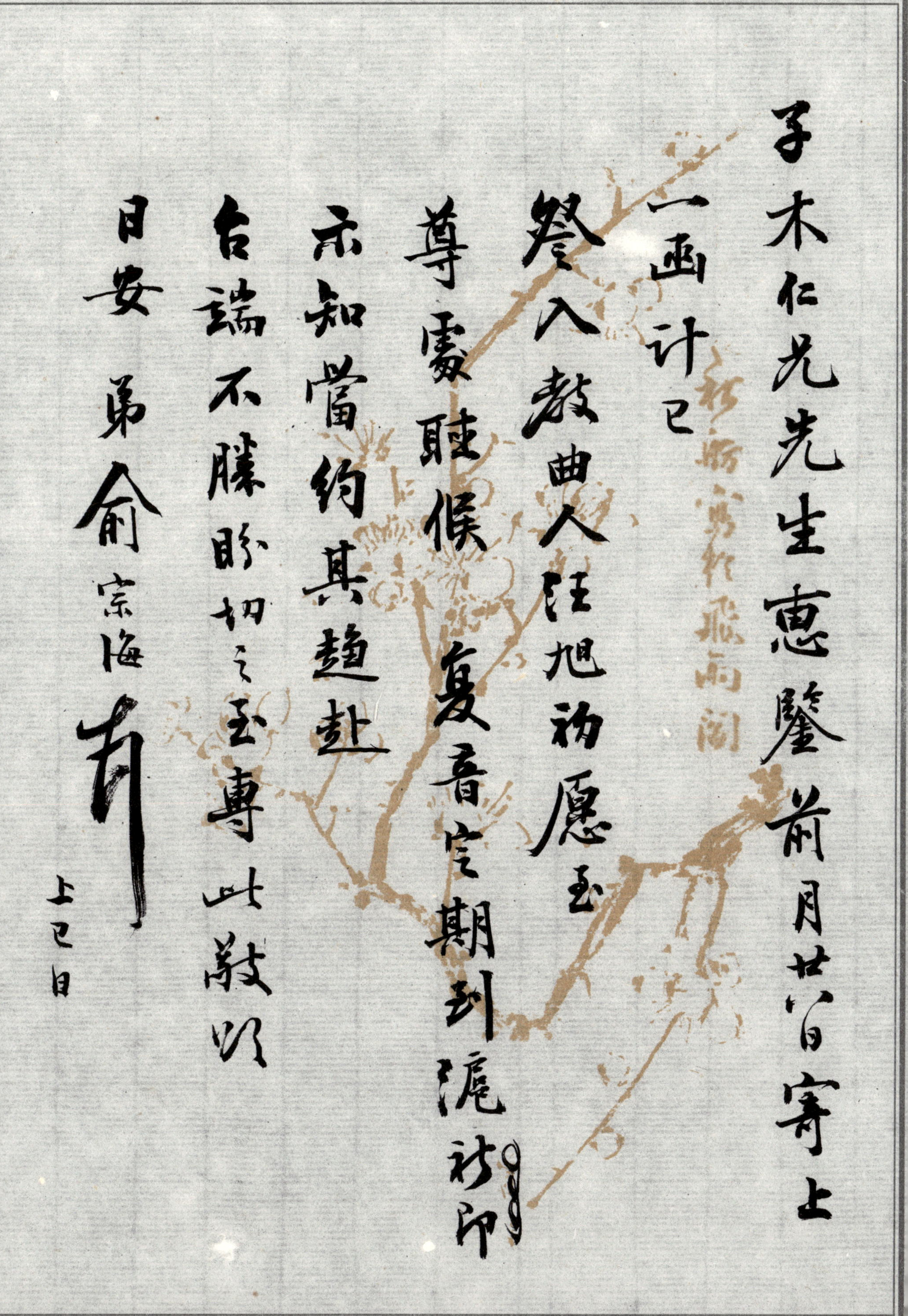

信十四[一]

子木仁兄先生惠鑒：前月廿八日寄上一函，計已
察入。教曲人汪旭初[二]願至
尊處，聽候
復音，定期到滬。祈即示知，當約其趨赴
臺端，不勝盼切之至。專此敬頌
日安

弟俞宗海[三]頓首　上巳日

【注釋】

[一]此信俞粟廬原囑俞振飛轉交任子木，不知何故，未曾轉送於任。
[二]汪旭初，見信二注。
[三]俞粟廬，名宗海。

五姪如面：頃得十九日書，已悉。根兒昨日旁晚抵家，年前仍須至滬，當此竭蹶之時，又有女流纏繞，無堅決之見識，何其愚哉。愚侄十六七即在外就事，莫不謹慎從事，廿一二（十八歲得標營）至廿六署千總守備等事，適逢曾文正（十年辛未十月）按臨大閱營伍。

經制各營亂後馬匹已無，因向孝武各局借四五十騎，練成以後，文正閱畢，具奏稱為江南第一營伍，而諸事必傳俞守備詢一切。愚步箭第四支過靶頂而鼓不起（第五六中），必即以硃筆書全中二字（向來有五小圈中者一點而已），人以為大貴人看重，必有非常之擢，詎料文正次年壬申二月初旬中風而逝，即於是年四月

拜從秀水沈蒙師習書 係友人姚仙槎介紹也 在案頭代其考訂金石文字并查歷朝史書者五年至壬午年余年卅六即就蘇州黃天蕩太湖水師營務處幫辦營務官 湘軍志無幕友筆墨事皆幫辦一人主之 而每年必有送同營及南京各處當事壽屏於是廣搜碑拓即自其時為始今年各處不請碑客無一至蘇而集寶齋兼收書畫古玩矣

十二月二十日 粟白

信十五

五姪[一]如面：頃得十九日書已悉。振兒昨日旁晚抵家，年前仍須至滬。當此竭蹶之時，又有女流纏繞[二]，無堅决之見識，何其愚哉！愚年十六七即在外就事，莫不謹慎從事。十八歲歸標營[三]。廿一二至廿六署千摠、守備[四]等事。適逢曾文正十年辛未十月按臨[五]，大閱營伍，經制各營。亂後[六]馬匹已無，因向考武各局借四五十騎，練成以後，文正閱畢，具奏稱為「江南第一營伍」。而諸事必傳俞守備詢一切。愚步箭第四支過靶頂，而鼓不起，第五六中。公即以硃筆書「全中」二字。向來有五小圈，中者一點而已。人以為大貴人看重，必有非常之擢。詎料文正次年壬申二月初旬中風而逝。即於是年四月拜從秀水[七]沈蒙師[八]習書。係友人姚仙槎介紹也。在案頭代其考訂金石文字，并查歷朝史書者五年，至壬午年[九]，余年卅六，即就蘇州黃天蕩太湖水師營務處幫辦營務官。湘軍志無幕友，筆墨事皆幫辦一人主之。而每年必有送同營及南京各處當事壽屏。於是廣搜碑拓，即自其時為始。今年各處不請，碑客無一至蘇，而集寶齋兼收書畫古玩矣。

十二月二十日 粟白

【注釋】

[一] 五姪，即俞建侯。建侯幼年喪父，由粟廬撫養，十五歲後，介紹去青浦名醫唐承齋（也是曲友）處學歧黃之術，後

為唐承齋的女婿，定居青浦朱家角。

［二］俞振飛到上海不久，有一陸姓女子定要嫁於俞振飛。俞把她帶到蘇州，經父親同意，收納為妾。但不見容其妻范品珍，不久即離俞而去。

［三］標營，指蘇州提督營。

［四］千揔、守備，清代武官的品階，最高為提督，其次為協台，以下則是副將、參將、遊擊、都司、守備、千揔、把揔、外委、額外外委。

［五］曾文正，即曾國藩。十年辛未，指同治十年，一八七一年。參見信二注。

［六］亂後，指太平天國戰亂後。

［七］秀水，即今嘉興。

［八］沈蒙師，即沈景修，字蒙叔。見信一注。

［九］壬午年，即光緒八年，一八八二年。

五経如面：昨日下午接到扇面，筆力結構勝於往時，字畫亦潔淨有力（可喜）。古人作書無垂不縮，無往不收，如飛字之類，最須留意。飛大忌直出無收。長撇古人皆用捲筆，如虛字等亦間或有出鋒。作虛又有成歲等字，所謂折刀頭，漢碑多用之。若作一味尖鋒（直出無收），即是無法。又有斷而復聯，不知者以為一筆。魏鄭文恭公碑史字由下接筆。諸如此類，古人無一筆

直長行（而下）艸中間或用之無多也又反戈點

亟宜要緊之筆或帶行書作成狀

切忌疲弱雄强茂密四字宜留意

始則板滯至後來一筆（寫熟）寫成即有氣

勢矣從一字至一行連貫而至十數行數

十行大篇一氣呵成即成大家磨崖

大拓本（岡山 鐵山 泰山 小鐵山）是也我處小鐵

山四大冊尚在其餘目下一時難得因拓一二分

不合算耳又有青州鄭道昭白駒

谷題名（畫亟方筆）不能不細察其意否則即

亟柱切無法不值一錢並究心漢

碑與古人（凡忌直來直縫中有暗轉處知此）一氣相通矣若不從此法

無老不能成也（前者）蘇城有鮑南屏自以為（臬署房科）

寫字何須碑刻任意（信筆）書之自鳴得意我與廉（时在光緒十餘年中）

夫（正在廣搜碑刻）肄力用功之時彼等時常竊笑（以）謂此乃磨刀背

也至十餘年前（兩月）見我等四處有人求書伊竟無人顧問即求吳

愈石寫仿單到滬一無所得至今懊恨無已　粟白　五月初九日

信十六

五姪如面：昨日下午接到扇面，筆力結構勝於往時，字畫亦潔淨有力，可喜。古人作書，無垂不縮，無往不收，如「飛」字之類，最須留意。「飛」大忌直出無收。長撇古人皆用捲筆，如「虛」字等，亦間或有出鋒作「虛」。又有「成」、「歲」等字，所謂折刀頭，漢碑多用之。若作一味尖鋒，直出無收，即是無法。又有斷而復聯，不知者以為一筆。魏《鄭文恭公碑》「史」字「屮」下接筆，諸如此類。古人無一筆直長而下，行草中間或用之，無多也。又反「戈」亦是最要緊之筆，或帶行書作「成」狀，切忌疲弱。「雄、强、茂、密」四字，最宜留意。始則板滯，至後來寫熟，一筆寫成，即有氣勢矣！從一字至一行，連貫而至十數行、數十行大篇，一氣呵成，即成大家。磨崖大拓本《岡山》、《鐵山》、《泰山》、《小鐵山》是也。我處《小鐵山》四大册尚在。其餘目下一時難得。因拓一二分不合算耳。又有青州《鄭道昭白駒谷題名》盡是方筆，不能不細察其意。否則即是杜切無法，不值一錢。並究心漢碑，尤忌直條直縫中有暗轉處，知此與古人一氣相通矣。若不從此法，垂老不能成也。前者，蘇城有鮑南屏臬署房科，自以為寫字何須碑刻，任意信筆書之，自鳴得意。時在光緒十餘年中，我與廉夫正在廣搜碑刻，肆力用功之時，彼等時常竊笑，以謂此乃磨刀背也。至十餘年前，見我等四處有人求書，伊竟無人顧問，即求吳倉石[一]寫仿單[二]到滬，兩月一無所得，至今懊恨無已。

粟白　五月初九日

【注釋】

[一]吳倉石，即吳昌碩，清末民初著名大書家、書法家、篆刻家。

[二]仿單，賣字畫的價格表。請名家寫仿單，有推薦之意。

五姪如面：來函知有驥良款六尺聯及屏四條，即日當寫就，或交滬上小輪埠上。我因汪頡荀（名瑞闓，前蘇州巡警道）在滬上張園後面威海衛路壽萱里，三月中在滬見面，已隔廿三年不見矣。後調江蘇巡警道，亦未晤見。今欲用吹曲之人，因現在壽生薦一蘆墟人呂松鶴至汪處（我並不相識），每月廿元，而伊必欲我到彼住多日，是以月內欲一至彼處，大約須半月之留。此番滬上店家連來未經交來者，尚有四十餘元，松江大約不及卅元，未收筆墨點有卅餘元。近有扇面一頁，店家交來畫者俞語霜（不知何處人），滬上一時哄動，扇面須十元。今來此扇畫一女鬼，背立，似鬼唱鮑家詩之意，而語霜竟死矣。從前惟羅兩峯能白日見鬼，所畫鬼趣圖種種不一，曾見一卷，與俞畫不同。俞出筆尚秀逸，終嫌薄而遠，苦無福澤，故不永年。此一望而知也。趙能有外甥張懷楷者，幼年喪

信十七

五姪如面：爾前日來函知有驥良款六尺聯及屏四條，即日當寫就，或交滬上小輪附上。我因汪頡荀[一]名瑞闓，前蘇州巡警道。在滬上張園[二]後面威海衛路壽萱里，三月中在滬見面，已隔廿三年不見矣！後調江蘇巡警道，亦未晤見。今欲用吹曲一人，因託金壽生[三]薦一蘆墟人我並不相識。呂松鶴至汪處。每月卅元。而伊必欲我到彼住多日。是以月內欲一至彼處，大約須半月之留。此番滬上店家連未經交來者，止有四十餘元，松江大約不及卅元。未書筆墨亦有卅餘元。近有扇面一頁，店家交來，書者俞語霜[四]，不知何處人。滬上一時哄動。扇面須十元。今來此扇畫一女鬼背立，似鬼唱鮑家詩之意。而語霜竟死矣[五]！從前惟羅兩峯能白日見鬼。所畫鬼趣圖，種種不一，曾見一卷，與俞畫不同。俞出筆尚秀逸，終嫌薄而淒苦，無福澤，致不永年。此一望而知也。超然有外甥張懷椿者，幼年喪父，常州人。因困苦，與其母至滬，即住超然處。而懷椿習畫極聰慧，畫山水甚佳。今在蕩初棉花行內。出筆極類超然，且肯竭力用心。年二十歲，滬上畫家無出其右。尚未行道。前日在集寶齋見《曹魏東武侯王基碑》一冊，即取歸與爾。洛陽新出碑志近年無多，而有初唐墓志數百，極妙，價止一元四張，欲選百種。聞蔣煥亭所得魏寇氏四石，已運至蘇，以箋扎縛，尚未見拓本，我早有之矣！四姪老旦曲今拍《男祭》。我為伊改正，其《草地》等曲，曾聽唱過，極為純熟，信札文理亦通順。

粟白

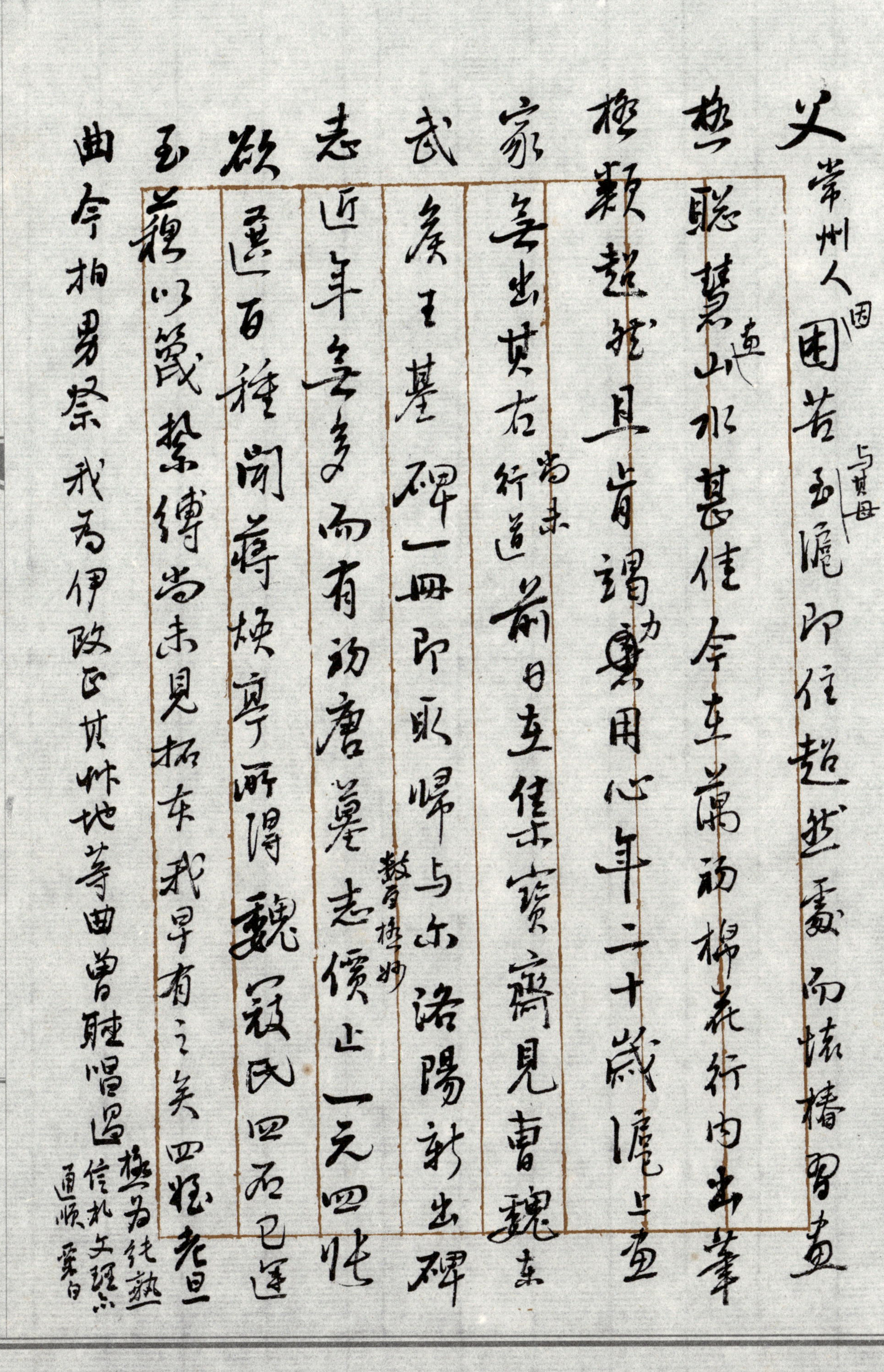
父常州人因困苦與其母到滬即住超然處而懷椿習畫極聰慧畫山水甚佳今在蕩初棉花行內出筆極類超然且肯竭力用心年二十歲滬上畫家無出其右尚未行道前日在集寶齋見曹魏東武侯王基碑一冊即取歸與爾洛陽新出碑志近年無多而有初唐墓志數百極妙價止一元四張欲選百種聞蔣煥亭所得魏寇氏四石已運至蘇以箋紮縛尚未見拓本我早有之矣四姪老旦曲今拍男祭我為伊改正其草地等曲曾聽唱過極為純熟信札文理亦通順粟白

【注釋】

［一］汪頡荀時在上海，任全國紙煙局總辦。俞振飛剛到上海時，一次在汪宅唱堂會，汪把俞拖進房間說：我是你父親最好的朋友，你現在藕初紗廠裏工作很好，但工資很低（每月十六元），我可以幫助你，在我局裏掛個名，當個「監印官」，每月給你二三十元。據俞振飛回憶，他曾去汪處拿過幾個月的工資，從未上過班。俞粟廬到上海時，常住他家。汪有三房太太，都會唱曲。他自己也喜歡唱，但無嗓子，只能高吹低唱。

［二］張園，位於上海麥特赫司脫路（今泰興路）南端，原係西人格農所築。一八八二年售於無錫人張叔和，成為張氏別業，取名味蒓園，俗稱張家花園，簡稱張園。園地擴至七十畝，一八八五年始對外開放，既像公園，又似游樂場。園內有電器屋、照相室、網球場、影劇場等，游人如織，為上海所不多見。

［三］金壽生，嘉興人，寓居上海。

［四］俞語霜（一八七五—一九二三），近代書家，名宗原，字宜長，號女床山民。浙江吳興（今湖州）人，定居上海，賣畫為生。工山水，兼畫人物、花卉。為「海上題襟館金石書畫會」駐會會員，題襟館曾多年設在汕頭路其居宅。

［五］俞語霜死於一九二三年，可見此信寫於一九二三年之後。

五弟如面：昨寄一信，度已登入。尔此番字學功
夫，確進一層。能從此進功之時，再（加精）進一級，則如
絳雲在霄，人皆可望而不可接矣。我當以珂
羅版張黑女（志）與尔，得其靜穆之態，又高出雲
表矣。從此再入漢碑之堂室（西狹頌、魯峻、禮器、司晨、前後），復肆力於鄧石
如、山人之篆書（以暢之），大者則所向無前矣。習壹之
法盡矣，畫矣，袁安圖及根晃皆須於字上著力，
則直筆（之妙）不期然而到也。六月十六日粟白

松茂室

信十八

五姪如面：昨寄一信，度已察入。爾此番字學功夫確進。。。一層，能逞此進功之時，再加精進。。。一級。則如絳雲在霄，人皆可望而不可接矣！我當以珂羅版《張黑女志》與爾，得其静穆之態，又高出雲表矣！從此再入漢碑之堂室《西狹頌》、《魯峻》、《禮器》、《司晨前後》，復肆力於鄧石如山人篆書之大者以暢之，則所向無前矣。習書之法至矣，盡矣！袁安圃[一]及振兒皆須於字上着力，則畫筆之妙，不期然而到也。

六月十二日　粟白

【注釋】

[一] 袁安圃，俞粟盧女婿袁練圃之弟。

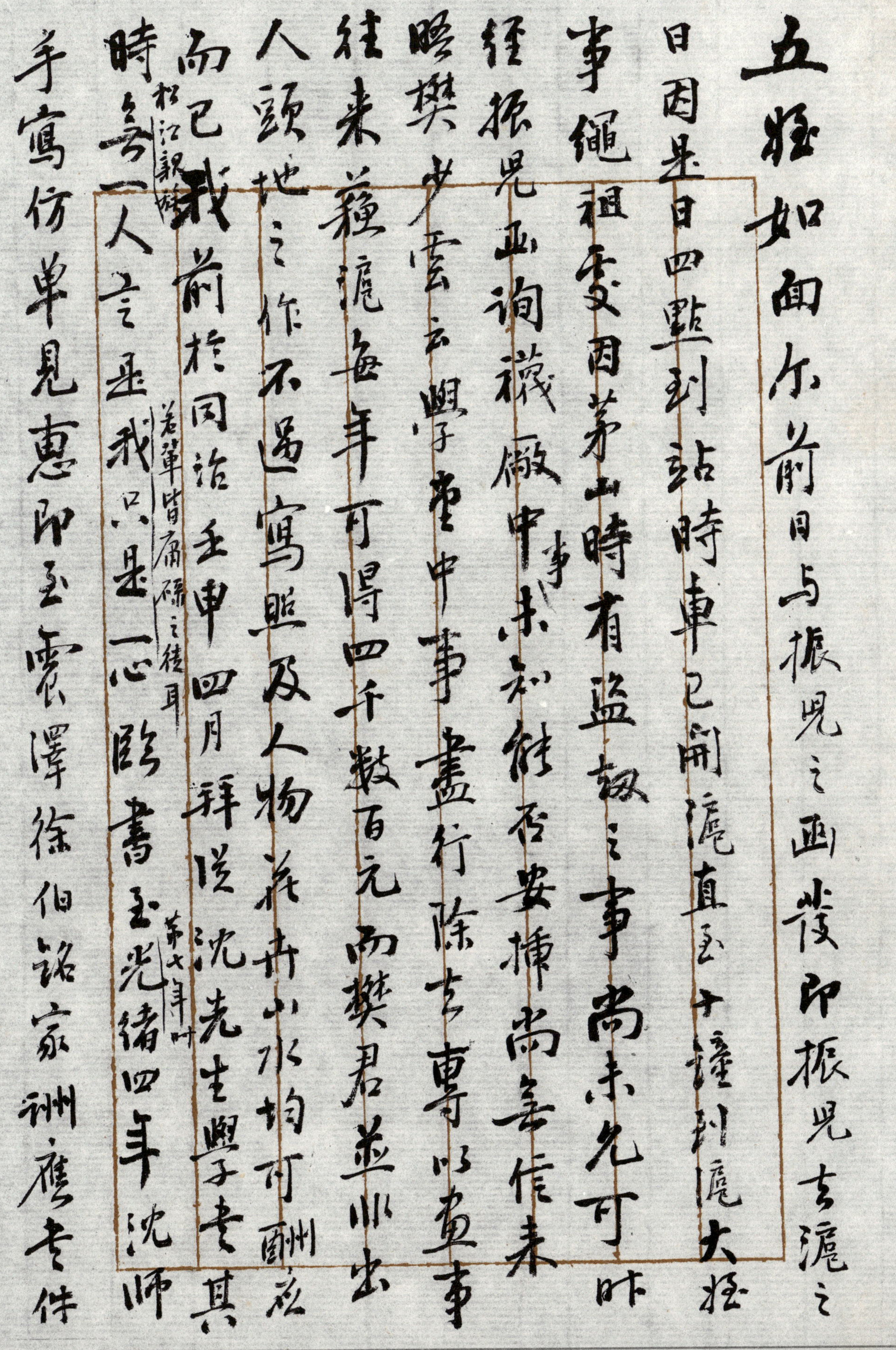
五姪如面：尔前日与振兒之函，後即振兒去滬之日，因是日四點到站時車已開，滬直至十鐘到滬。大姪事，繩祖變因第二時有盜叔之事，尚未允可。昨經振兒函詢，織廠中事未知能否安插，尚無信來。照樊少雲之與學堂中事盡行除去，專以畫事往來蘇滬，每年可得四千數百元，而樊君並非出人頭地之作，不過寫照及人物花卉山水均可酬應而已。我前於同治壬申四月拜從沈先生學書，其時無一人言及我（松江親族諸輩皆庸碌之徒耳），只是一心臨書，至光緒四年（第七年時）沈師手寫仿單見惠，即至震澤徐伯銘家洲應書件

半年中约得百余元后玉㢈上任陈嘉言处近二
年即就苏州黄天荡帮办营务事每年
必书寿屏五六堂可得三百余元于是广搜碑版
搨本并考究金石之学沈先生处同门有八
九十人有孙翰香茂才嘉兴秀水县人闸孙鼎
丰水旱烟铺十余处旧碑版极多此外能书
者有卅余人皆可观乃二十年后渐渐消磨大半
烟瘾多病功夫有退而无进而我得见川沙沈
氏有何子贞赵㧑叔手迹放大六朝及隶书乃
知入门之法必放大不可遂放胆而书沈师于甲午
年四月到苏见之大为称赏以为金石与碑学
目下不可多得师所藏旧碑尽嘱加跋沈师本有旧碑甚多
甲午年以后人皆知我之名矣时年四十八岁沈师之郎乐侯茂
才亦有烟瘾十六年前化去根儿直笔尚好惟
少功力此后能多书大篆每日常写亦可得益
凡人笔墨事切不可废此紧要关头也惟我
早已知之甚明根儿尚在苏糊中月我日前有书与汪颉荀
将来同至阁里开方后由小加减当可就一小事往来贯
间汪公将人与我至好也 十月十七日 粟白

信十九

五姪如面：爾前日與振兒之函發，即振兒去滬之日，因是日四點到站時，車已開滬，直至十鐘到滬。大姪[一]事，繩祖處因茅山時有盜刧之事，尚未允可。昨經振兒函詢，襪廠中事未知能否安插，尚無信來。晤樊少雲[二]，云學堂中事盡行除去，專以畫事，往來蘇、滬，每年可得四千數百元。而樊君並非出人頭地之作，不過寫照及人物、花卉山水均可酬應而已。我前於同治壬申[三]四月拜從沈先生學書，其時松江親族無一人言是。若輩皆庸碌之徒耳。我只是一心臨書，至第七年，時光緒四年[四]，沈師手寫仿單[五]見惠。即至震澤徐伯銘家，酬應書件，半年中約得百餘元。後至滬上住陳嘉言處近二年，即就蘇州黃天蕩幫辦營務事。每年必書壽屏五六堂，可得三百餘元。於是廣搜碑版搨本，並攷究金石之學。沈先生處同門有八九十人，有孫翰香茂才，嘉興秀水縣人，開孫鼎豐水旱煙鋪十餘處，舊碑版極多。此外能書者有卅餘人，皆可觀。乃二十年後漸漸消磨，大半煙癮多病，功夫有退而無進。而我得見川沙沈氏有何子貞、趙恢叔[六]手臨放大六朝及隸書，乃知入門之法，非放大不可。遂放膽而書。沈師於甲午年[七]四月到蘇見之，大為稱賞。以為金石與碑學，目下不可多得。師所藏舊碑，盡囑加跋，沈師本有資，舊碑尤多。甲午年人皆知我之名矣。時年四十八歲。沈師之郎采侯、茂才亦有煙癖，十六年前化去。振兒畫筆尚好，惟少功力。此後能多書大隸書，每日常寫，亦可得益。凡人筆墨事，切不可廢，此緊要關頭也。惟我早已知之甚明。振兒尚在模糊中耳。我日前有書與汪頡荀，將來同至閣裏[八]，開方後，由爾加減當可。就一小事，往來其間，汪公好人，與我至好也[九]。

七月十七日　粟白

【注釋】

[一]大姪，即俞遠超，號康民。

[二]樊少雲（一八八五—一九六二），畫家，師從陸廉夫，拜師早俞振飛一年。曾在蘇州美術專科學校執教，建國後為上海中國畫院畫師。又善彈琵琶，是近代著名音樂家。

[三]同治壬申，即一八七二年。

[四]光緒四年，即一八七八年。

[五]仿單，見信十六注。

[六]何子貞、趙恢叔，皆晚清書法家。

[七]甲午年，即一八九〇年。

[八]閣裏，指青浦朱家角，舊稱珠家閣。

[九]據俞振飛回憶，汪曾對他說「我是你父親最好的朋友」，參照此信，可謂汪言不虛。見信十七注。

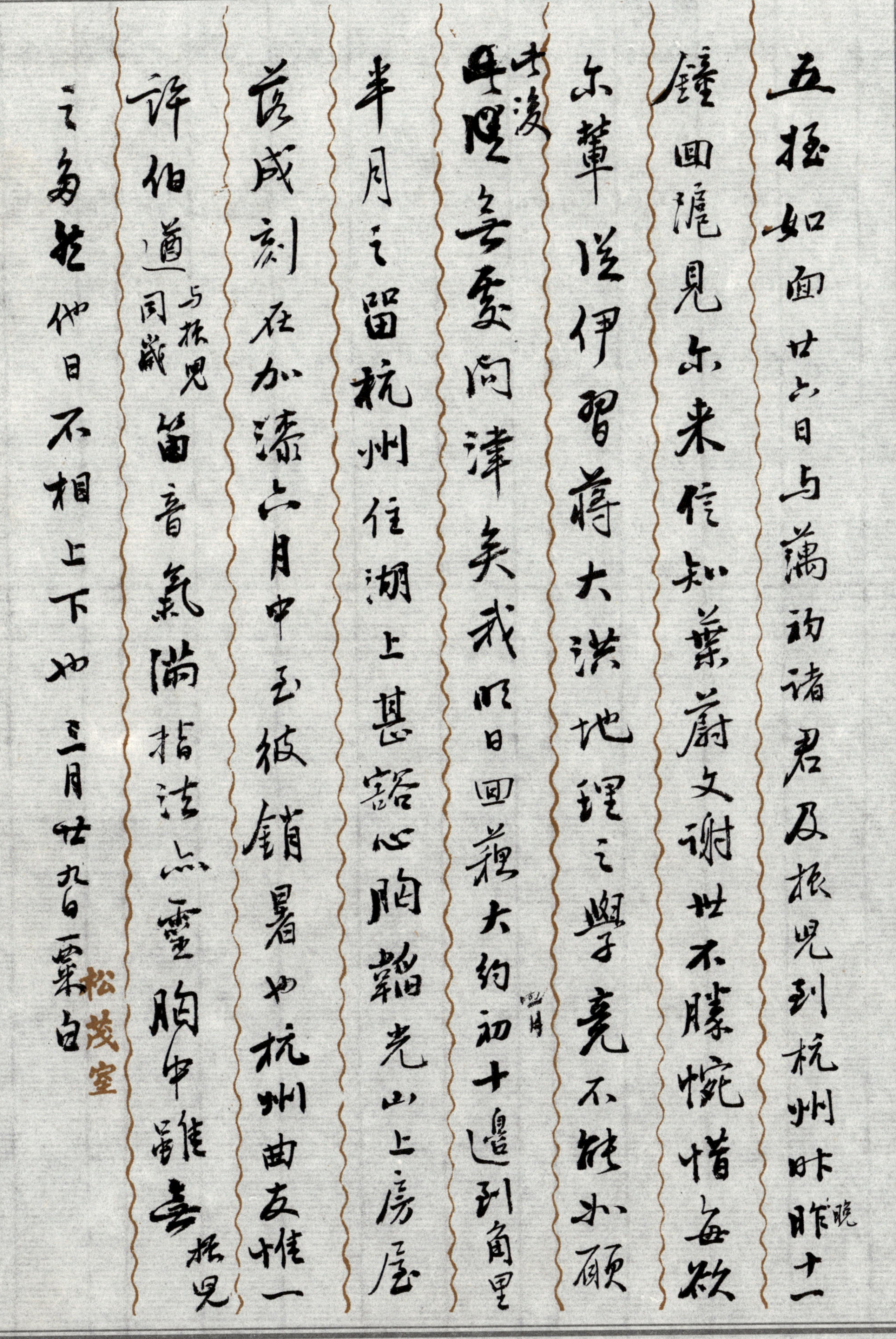
五姪如面廿六日与藹初諸君及振兒到杭州昨昨晚十一鐘回滬見尔来信知葉蔚文謝世不勝惋惜每欲尔輩從伊習蔣大洪地理之學竟不能如願此後無處問津矣我明日回蘇大約四月初十邊到角里半月之留杭州住湖上甚豁心胸韜光山上房屋落成刻在加漆六月中至彼銷暑也杭州曲友惟一許伯遒与振兒同歲笛音氣滿指法亦靈胸中雖無振兒之多然他日不相上下也 三月廿九日粟白
松茂室

信二十

五姪如面：廿六日與藹初諸君及振兒到杭州。昨昨晚[一]十一鐘回滬，見爾來信，知葉蔚文[二]謝世，不勝惋惜。每欲爾輩從伊習蔣大洪[三]地理之學，竟不能如願。此後無處問津矣！我明日回蘇，大約四月初十邊到角里，半月之留。杭州住湖上，甚豁心胸。韜光山上房屋落成[四]，刻在加漆。六月中至彼銷暑也。杭州曲友惟一許伯遒與振兒同歲。笛音氣滿，指法亦靈，胸中雖無振兒之多，然他日不相上下也。

三月廿九日[五] 粟白

【注釋】

[一] 昨昨（晚），此處當是作者將「晚」誤寫為「昨」，在旁用小字改正。

[二] 葉蔚文，生平不詳。

[三] 蔣大洪，生平不詳。

[四] 杭州靈隱山上有韜光寺，穆藕初在彼有三間平屋。一九二一年夏，穆邀沈月泉、謝繩祖、俞振飛在那裏學崑曲。後穆出資翻建成三樓三底，因俞粟廬號韜盦，所以將此屋題匾額為「韜盦」。

[五] 此信寫於一九二二年春。